王晨沛 著

同在蓝天下

励志 · 爱心 · 感悟

为 残 疾 人 事 业 鼓 与 呼

江苏大学出版社
JIANGSU UNIVERSITY PRESS

镇 江

图书在版编目(CIP)数据

同在蓝天下/王晨沛著. —镇江：江苏大学出版社，2015.5（2019.8重印）
　ISBN 978-7-81130-953-9

　Ⅰ.①同… Ⅱ.①王… Ⅲ.①报告文学－作品集－中国－当代②诗集－中国－当代③散文集－中国－当代 Ⅳ.①I217.2

中国版本图书馆 CIP 数据核字（2015）第 085856 号

同在蓝天下
Tong Zai Lantian Xia

著　　　者/王晨沛
责任编辑/吴小娟
出版发行/江苏大学出版社
地　　址/江苏省镇江市梦溪园巷 30 号（邮编：212003）
电　　话/0511-84446464（传真）
网　　址/http://press.ujs.edu.cn
排　　版/镇江文苑制版印刷有限责任公司
印　　刷/天津画中画印刷有限公司
开　　本/890 mm×1 240 mm　1/32
印　　张/8.75
字　　数/206 千字
版　　次/2015 年 5 月第 1 版　2019 年 8 月第 2 次印刷
书　　号/ISBN 978-7-81130-953-9
定　　价/38.00 元

如有印装质量问题请与本社营销部联系（电话：0511-84440882）

序言

为身残志坚者喝彩助力

胡宗元

残疾人因生理缺陷而行为能力不足、生活工作受限,在竞争中处于弱势,往往容易被社会忽视。作为《镇江残联》杂志采编的晨沛同志,常年走访基层,深入残疾人中间,了解他们的生活,关心他们的疾苦,报道他们奋斗的历程,并花费四年时间,撰写了《同在蓝天下》一书。作者用丰厚翔实的实例、朴实无华的文笔,记载了他们艰难创业的足迹,记录了他们自强不息的故事,并收集了许多社会志愿助残的生动事例。通过本书,我们阅读到的是残疾人成长的经历、成功的艰辛,感受到的是残疾人坚持的力量、奋发的精神,体会到的是残疾人成功的不易和对美好生活的向往。阅读全书,令人感动,令人动容。《同在蓝天下》是励志之书,弘扬的是闪光事迹,传递的是正能量,激发的是精气神,呼唤的是关爱之心。它的出版发行,定会促使社会上更多的人关爱残疾人、关心残疾人事业的发展。

现代镇江,创业之城。残疾人是一个特殊群体,也是现代化建设的重要力量。许多残疾人才华横溢、思维活跃、创造力强,而且随着科技发展和各种康复器具的使用,适合残疾人参与的岗位越来越多,全社会都应消除偏见和歧视,主动帮助他们创业,充分吸纳他们就业,积极发挥残疾人的聪明才智和创造潜能,共同服务社会发展。

现代镇江,民本之城。关心残疾人,是全社会共同的责任。基本生活上,要给予他们充分的保障;接受教育上,要给予他们更优的政策;康复工作上,要有更到位的行动,积极创建无障碍环境,帮助他们过上有尊严的生活;小康进程上,要加快推进全民同步小康目标,全面提升残疾人的幸福指数。

现代镇江,大爱之城。关爱残疾人,是城市文明进步的重要标志。要积极倡导志愿理念,弘扬志愿精神,不断营造社会扶残、助残的良好风尚,以期涌现更多的社会志愿者和志愿服务组织,让残疾人更好地分享改革发展成果。

给残疾人一个舞台,他们还社会一个精彩;多给他们一份爱,世界将会变得更美好!

(作者系镇江市人民政府副市长)

目　录

一、励志篇

二、爱心篇

三、感悟篇

散文

一

励

志

篇

盛珏烙铁画

印建南　画

艺海无涯不倦人

——记镇江聋人摄影艺术家范三十子

聋人摄影艺术家范三十子

　　范三十子是近年来活跃在镇江的著名聋人摄影艺术家。虽然生活在无声世界,但他并不孤独,摄影是他的最爱,他一直在斑斓的色彩里寻找着生活的快乐和精神的寄托。

　　从 20 世纪 90 年代起,国内多家知名出版社出版的摄影集都刊登过他的摄影作品。其中,2009 年他的摄影作品《惊艳》被香港摄影专集杂志《见闻中国》选为封底照片;他的摄影作品《热带花卉——碗莲》《映日荷花别样红》《唢呐震天》《觅》入选大型画册《壮丽中华——中国当代摄影家作品集》,并以较高的艺术水准与独特的艺术价值在众多作品中脱颖而出,荣获"壮丽中华纪念新中国成立60周年摄影大赛"金奖。他被《人民摄影报》职级评审委员会评定为一级摄影师。

成长背后的故事

3月的一天,天气已经暖和,住在镇江市区华润新村的范三十子在他的工作室里接待了我。

阳光从窗户透射进来,十多平方米的工作室里暖意融融。办公桌上摆放着一台电脑,墙壁上贴满了五颜六色的照片。我们坐在办公桌边,范三十子不停地打着手语,站在一旁的是他的儿子。通过他的儿子,我和范三十子交流起来,话题自然离不开他从事摄影艺术的往事。范三十子的脸上绽放出了喜悦的笑容,他激动地打着手语,让他的儿子告诉我:人在旅途,风雨兼程。生活的勇气和希望,是他对摄影艺术的执着和热爱。他捕捉到的是大自然色彩斑斓的光和影;他用镜头上的音律,"唱"响了心中那一首首难忘的歌……

六岁的时候,范三十子患上了脑膜炎,连续几天的高烧,使他从此失去了听说能力。两年在常州,六年在镇江,艰难的八年求学之路,他终于完成了小学的课程。小学毕业后,他一直辍学在家,但他并不孤独,在集邮、集报、集钱币中寻找着生活的乐趣。后来他和喜欢摄影的老师有了接触,渐渐地爱上了摄影!18岁那年,他进入镇江市标准件一厂工作,成了一名工人。凭着良好的作风、过硬的技术,他被提拔为车间主任。几年后,他又被选为镇江市聋人协会主席。尽管社会事务十分繁杂,但一有时间,他就拿起相机,走到户外去,与大自然风光来个亲密接触。

退休后的范三十子对摄影艺术的爱变得更加热烈了,他感到生活变得更加丰富多彩。一有空,他就拿着照相机,到处走走。可是时间一长,他感到摄影技术没有很大的进步。夜深人静,范三十子在床上躺了好久,却睡不着。他心里感到苦恼,觉得难受,他陷入了深深的沉思之中。月光如流水一般照进窗户,照着墙上的摄影作品,屋子里显得格外清幽。范三十子凝视着墙上的摄影作品,在心中默默地对自己"说":学习摄影技术,我要从"零"开始……

从新开始

范三十子鼓足勇气,在镇江市老年大学摄影班报了名。要知道,一个聋哑人去听课,这简直就是天方夜谭!就在范三十子准备退却的时候,镇江市老年大学摄影班的陶恒泉老师热情地向他伸出了援助之手,又一次使他信心十足。陶恒泉老师鼓励他先旁"听"几堂课。就这样,他坐进了老年大学摄影班的教室里。他特别珍惜这来之不易的学习机会,虽然听不到老师的话语,但他一丝不苟地记录着黑板上的板书。授课的曹乃荣老师也特别关照他,经常给他做单独辅导。几次试"听"后,老年大学决定正式录取他,他成了老年大学开办以来唯一的一名聋哑学生。

如今,已近古稀之年的他依然精神矍铄,不停地打着手语告诉我:"掌握好摄影技术,练好真本领,第一步从理论开始,然后投身到自然和社会之中去,努力实践。"

执着追梦

　　光阴似箭,在镇江市老年大学,范三十子以优异的成绩从摄影一级班跳到三级班,又进入摄影研修班,最后进入了摄影研究学院。四年过去了,注重理论联系实际的他,拿起照相机开始寻梦,重新体验他的另一种人生。他和镇江的摄影爱好者一起到安徽、浙江、福建等地采风,陶醉在祖国秀美的山川之中。

　　2005 年,他独自一人自费到浙江浦江乡村参加摄影节,与来自五湖四海的上千名摄影爱好者一起了解当地的风土人情,切磋技艺。闲暇时,他常常骑着单车,在古城的各个角落逛逛转转,用他的照相机记录下了城市变迁的历程。冬天,下大雪了,范三十子心里却美滋滋的,不顾风大路滑,和老伴互相搀扶着登上北固山,用照相机定格这银装素裹的世

《安徽绩溪家朋梯田》(范三十子摄)

《洞头县风光》(范三十子摄)

界。为了拍摄日出,他常常早起,有一次,他凌晨四点就起床赶到润扬大桥边,等待着日出时那精彩的一瞬间……他打着手语,告诉我:虽然在拍摄中遇到许多艰难险阻,但当看到一张张完美的照片时,一切辛劳都会烟消云散。

他自费订阅了《中国摄影报》《摄影报》《人民摄影》等杂志。他认真学

《自强不息的张志强》(范三十子摄)

习并及时掌握国内外摄影信息和动态,积极向国内知名的报纸杂志投稿。他与中国当代资深摄影家王念约、黄良清、赵国华、张苏生、沈汛等保持联系,经常向他们请教摄影方面的

学术问题。他积极投身到各种社会活动中去,2007 年、2008 年、2010 年,分别在华润社区、大市口街道、老年大学举办了个人摄影展。他加入了中国摄影艺术家协会、中国摄影记者协会、江苏省摄影家协会、镇江市摄影家协会等组织;在全国、省、市级各类摄影大赛中,更是频频获奖。2010 年 9 月,他的作品《拼搏》在"绽放生命·共享阳光"江苏省残疾人摄影比赛中荣获一等奖;2010 年 9 月,江苏省首届聋人书画摄影展在无锡成功举行,他的作品《争分夺秒修高铁》荣获一等奖。

范三十子创造出了一个色彩斑斓的人生梦,这梦如棱镜般美丽!

原稿最初发表于《镇江残联》2012 年第 2 期(总第 8 期)

为坚强的生命喝彩
——记江苏大学残疾人大学生涂径

在科学的道路上没有平坦的大道，只有不畏劳苦沿着陡峭山路攀登的人，才有希望到达光辉的顶点。

——马克思

涂径，是江苏大学的一位残疾人大学生。幼年时，他患上了医学界公认的"不治之症"——新生儿脑性瘫痪，成了一名残疾儿童。他的日常生活无法自理，常年只能依靠轮椅"走路"。然而，身体上的残疾无法阻挡他对知识的渴望，他以超越常人百倍的努力，顽强地与不幸的命运抗争，在坎坷中坚持着自己的求

江苏大学残疾人大学生涂径

学之路。2011 年高考，他以 355 分和双 A＋的好成绩考取了江苏大学财经学院会计系，圆了大学梦。

他的经历告诉我们：残疾并不可怕，可怕的是放弃努力。他孜孜以求，为自己的理想持之以恒地奋斗着，他走的是一条曲折而不平凡的成才之路！

一

明媚的夏日里，碧空如洗，远山似黛，风儿将我笔记本上的纸页轻轻吹起……徜徉在如诗如画的江苏大学校园里，我接受着阳光与和风的洗礼，感受着人与自然的和谐之美。那天我采访的对象是镇江的残疾大学生，他的名字叫涂径。经过教工宿舍狭长的楼道，走向朝里的房间，我见到了涂径和陪护他学习与生活的母亲徐美红。

涂径与他的母亲

窗外是茂密的梧桐树，阳光在空气中荡漾，层层叠叠的绿叶间透出光彩，地面上闪动着一个个零散的光斑。

房间的面积不大，有二十几个平方，布置也极其简单，里面放了一张方形的写字台、几张椅子和两张床。写字台的边角已被磨得光滑发亮,但书籍与学习用品却摆放得整齐有序。涂径的脸上露出了灿烂的笑容,撑着椅子要站起来和我打招呼。母亲徐美红赶紧走过来扶住儿子,熟练而默契地让他坐下。我坐了下来,说明来意,徐美红开始将涂径的成长经历娓娓道来。

涂径出生于 1991 年 6 月,是个早产儿,出生时体重只有四斤,因为缺氧被送去抢救,在镇江江滨医院儿科的保温箱里待了十多天。出院六个月后,徐美红发现他不能像正常孩子一样坐起来,就把涂径又一次抱进了医院,然而却被医生诊断为"新生儿脑性瘫痪",这是一种医学界公认的"不治之症"!

家里人心急如焚,带着涂径跑遍了上海、北京、南京等地的大医院。医生告诉他们,孩子的智商是正常的,但孩子的肢体会落下终身的残疾。要改善现状,光靠打针吃药是不行的,必须帮助他进行一些医疗康复训练。家人决定将涂径安排在南京的一家儿童康复医院进行治疗,这一住就是四年。

涂径对于那段岁月是难忘的。由于需要长期陪护,母亲请了长假,陪着儿子在南京的这家儿童康复医院治疗。除了每天操持繁重的家务外,徐美红还坚持到病床前给涂径讲故事。徐美红讲故事的初衷,是希望通过这种方式提高儿子的理解能力与语言表达能力。然而不知不觉中,涂径在听到的英雄人物的故事中受到了启发和教育,他的内心变得坚强起来,他决心做一个身残志坚的人。四年后,涂径回到了镇江。

涂径六七岁的时候,父亲涂宁开始教他写字。然而,当涂径坐下来的时候,他的一条腿就会瑟瑟抖动,一刻也不停,有时手也跟着抖。在本子上写一横一竖时,涂径写得很慢,写下来的是一条弯弯曲曲的波浪线。涂径一遍又一遍地反复练习,毫不气馁,终于把一横一竖写得像样了。学写阿拉伯数字时,涂径不会拐弯,有时为学写一个数字,父亲要陪着他练习好多天。

九岁了,涂径早已超过上小学的年龄,但由于身体的残疾,附近的小学都不愿接收他。徐美红只好将他送到培智学校去学习。要知道,培智学校是专门培训智障儿童康复的机构,把这样一个智力正常的孩子放到那里读书,无疑是误人子弟。培智学校校长找到了涂宁和徐美红,建议他们还是想办法让涂径到正常的小学随班就读。夫妻俩只好一次次地找教育主管部门,有几次还带着涂径让他当着负责同志的面写字、说简单的英语。教育主管部门的负责同志深受感动,没过多久,涂径坐进了镇江市解放路小学一年级的教室里。小小年纪的他,特别珍惜这来之不易的学习机会,学习十分勤奋与刻苦,成绩在全年级一直名列前茅。在《小学生数学报》社举办的数学竞赛中,涂径荣获二等奖,被评为"江苏省优秀少先队员"。

涂径在教室里专心致志地听课,他的奶奶为了照看他,就在教室外面等候着。从小学到高中,涂径的奶奶悉心照顾他的饮食起居,从未有过放弃的念头,一陪就是 12 年。

二

虽然肢体残疾的障碍给涂径的学习和生活带来了严重不便,但他时时刻刻都在与命运顽强抗争着,与时间赛跑,并且获得了很多荣誉。2005 年,他顺利地完成了小学课程。毕业时,涂径获得免试,到镇江外国语学校上初中。但涂径还是坚持自己再参加一次考试,总分为 200 分的试卷,他考了 189.5 分。

进入初中以后,第一次见到他的老师和同学都感到异常惊讶:涂径步态不稳,说话费劲,写字吃力。渐渐地,大家发现身边的这个残疾的同学成绩很优秀。他学习比其他同学更刻苦,他的成绩在全班名列前茅,甚至一段时间一直保持第一名。大家开始怀着钦佩之心,关注着这位残疾男孩。涂径一度成了他所在班级的精神支柱和积极向上的动力源泉。他好学不倦的精神感染着班上的每一个人。

涂径学得最理想的功课是英语,初三时,他口语水平已过三级,笔试过了二级。他经常帮助同学们解答学习上的难题。在交往中,同学们也更加尊重他,亲切地称呼他为"涂哥"。要强的他总是谢绝别人的帮助,对家人也从不提什么特殊的要求。涂宁和徐美红被孩子自强自立的精神所感动,他们主动放弃了生二胎的权利,把所有的精力都放在了涂径的身上。涂宁和徐美红在同一家单位工作,单位效益一直不景气,多年来给涂径治疗,几乎花光了家中的积蓄。一家三口人一直和涂径的爷爷、奶奶住在一起。

听说涂径的传奇故事后,副市长王萍被深深打动了,在繁忙的公务之余,她抽空到外国语学校看望涂径,并积极解决了涂径一家的低保问题。后来,她又找到了徐美红,以自己的名义为他们家捐款。央视十二套《道德与观察》栏目的记者闻讯后,专程赶到镇江,对涂径的感人事迹进行专题采访,并以"镇江春暖故事"为题报道涂径事迹。节目在全国的中小学生中引起强烈反响,看过节目的学生们纷纷表示:他们要向涂径学习!

涂径被评为"江苏省十佳少年""镇江市十佳感动校园之星"。

三

2008 年,初中毕业后,涂径以优异的成绩被江苏省重点中学——镇江中学提前录取了。镇中校长张玉坤十分重视这个特殊的学生,专门配给他一个带卫生间的单间宿舍,徐美红和涂径的奶奶就住在这里照顾涂径,学校还免掉了他的学杂费。涂径几乎每天都在教室里度过,奶奶则将一日三餐送到他的座位上。就这样,三年的高中时光很快又过去了。

2011 年 6 月,备受社会关注的高考成绩揭晓,涂径不负众望,考出了语文 138、数学 103、英语 109、历史与政治双 A + 的好成绩,加上此前四门必修科目均为 A,高考加 5 分的政策,他的总分达到 355 分,超过本一线 12 分。得悉高考分数后,全家人喜出望外,这毕竟是一个残疾孩子艰苦奋斗了 12 年的成果啊!对于一个肢体残疾的孩子来说,能有这样好的成绩,的确非常不易。

现在,家人希望涂径能在江苏大学得到更多的人生锻炼。毕竟,今后的路还很长,孩子将来还是要自立,要一个人面对社会、面对生活。他们尊重涂径对人生的思考与选择,相信他会走好今后的人生路。采访即将结束时,我问涂径今后有什么设想,涂径告诉我说:"很希望三年后能够顺利通过硕士研究生考试。"铿锵的话语寄托着一个残疾大学生的豪情壮志!

预祝涂径的明天更美好!

原稿最初发表于《镇江残联》2012 年第 3 期(总第 9 期)

敢为人先，勇闯致富路
——记残疾人养猪专业户王大罗

残疾人养猪专业户王大罗

东山村，是镇江市润州区蒋乔镇的一个行政村，被荒山秃岭挟裹着，远离城市的喧嚣。六年来，肢体残疾的王大罗，就在东山这个穷山沟里经营着养猪场，以他敢闯、敢试、敢干的精神，闯出一条敢为人先的"致富路"。

2012 年元月，王大罗被镇江市人民政府残疾人工作委员会评为"镇江市残疾人自强模范"。

一

从蒋乔镇乔家门往西南方向约两千米，就可以到达东山村王大罗的"泰生"养猪场了。

从纵横交错的土路向西南走，两三只狗就开始叫起来，而且这犬吠声在长长的路途中久不散去。经过高高低低的矮墙头和碎石子铺成的小路，可以看见一行行绿树迎风摇曳，一排排猪舍错落有序……

今年60岁的王大罗，个儿不高，衣着朴实，脸膛黝黑，笑容憨厚。造访时，他正用满是老茧的大手握着锹在猪圈里铲猪粪。猪呼噜呼噜地叫着，猪鼻子哼哧哼哧地出气，闹腾成一片。黑、白颜色的猪，毛色油亮亮的，如潮水一般拥挤在猪圈里，几乎要将圈边的铁栅栏冲塌。王大罗搓了一下光脚上的烂泥，蹬了一下猪的后臀，自豪地说："瞧瞧！我养的这些猪，长得多壮实！"猪把鼻子凑近食槽津津有味地拱着，嚼着饲料。

我越发感兴趣地问他："你成功的秘籍是什么？"他的回答是："自己要能吃苦、肯干，还要有一股子闯劲儿，脑袋瓜子里再想出些好点子，准能干出一番属于自己的事业！"

王大罗，一个肢体三级残疾的人，起早贪黑，努力实现着自己的致富梦想。经过六年的辛苦打拼，他已经从一个养猪的门外汉变成了行家里手。他自创发酵饲料喂猪方法，把猪喂得个个膘肥体壮。他的养猪场已颇具规模，今年将有500多头商品猪出栏，估计可赚30多万元。肢体上的残疾给他的生活带来诸多不便，但王大罗还是乐此不疲高强度地劳作

着。许多村民对此很不理解，但王大罗说，这条道，他走对
了！他收获的不仅仅是金钱，还有一个残疾人自身的价值！

二

个性爽直的王大罗，相当能侃，我与他交谈时，他眼镜片
后的双眸中闪烁着睿智的目光。王大罗说，50多年前，在一
次玩耍中他不慎重重地跌倒，造成了下肢残疾。过早失去母
爱的他，小学没有毕业就辍学在家。他放过羊、砍过柴、割过
草、挖过菜……成年后，为了谋生，他向亲戚朋友借钱，买了
辆残疾车，风风雨雨，干起了营运，一干就是十几年。2005
年下半年，镇江市取缔了"三小车"，他觉得生活突然没有了
着落。

"东奔西走毕竟也不是长久之计，我决定还是要闯一闯，
兴许在实业上还能闯出一条活路来。我文化程度低，吃过没
文化的苦，既缺乏技术，又缺乏资金，办厂、开店都不行。思
前想后，还是搞搞自己轻车熟路的养殖业，干起来，比较得心
应手，也比较对路子。"

王大罗自己认准了目标，说干就干。他倾其所有拿出十
多万元，并外借了十多万元，就这样20多万元起家，开始了
艰难的创业之路。

"正月二月雪长流，五月六月渴死牛"的丘陵地区，祖祖
辈辈生活在东山凹里的农民，只靠望天收。然而，2006年，
王大罗一头扎进了东山深处，从此他把所有的精力放在了那
里，他立志要脱贫致富。

自主创业，一切靠自己白手起家！村路，自己开，他风
吹日晒；沼池，自己挖，他肩挑背扛；树木，自己栽，他翻坡

越岭……好在王大罗从小就是苦出身,吃过苦,吃得起苦。山坳中的那片残次林,几个星期前还是杂草丛生、荆棘遍野,转眼间就变成了一个初具雏形的养猪场。王大罗和妻子站在碎石子铺成的路面上,手中挥动着被砂石打磨得锃亮的铁锹,一身泥水一头汗,脸上却流露出抑制不住的喜悦!

他先建一幢猪舍,养了八头母猪。事业进行到一半,王大罗开始缺钱,缺钱缺到了捉襟见肘的地步。令他更加烦恼的是缺少养猪技术。他认为,钱可以到亲戚朋友那里暂时借一点,技术一时半会儿能学会吗?

"一开始,我总认为养猪简单,没料到养好猪,竟也这么苦,这么累,这么难。"王大罗如是说。他从事养殖业,一切都要从头开始!他的启蒙老师是镇上的一位兽医。有一天,一头母猪就要分娩了,王大罗既高兴又心急,毕竟自己养了近一年的母猪就要下崽了。令他焦躁不安的是,他将怎样为这头母猪接生呢?王大罗喊来镇上的那位兽医给母猪接生,那位兽医教会了他给母猪接生的方法。随着一头头小猪崽的降生,压在王大罗心头的一块大石头终于落了地。他给小猪崽剪去脐带,轻轻地拭擦着母猪身上的血迹。

"这头母猪也要下崽儿了!"王大罗的妻子从猪圈里探出头来,乐呵得合不拢嘴。日子一天天地过去,其他几头母猪也陆陆续续下崽,生下来的小猪崽越来越多了。母猪下崽的那几天,王大罗干脆卷上一捆干草,领着妻子、女儿住进苍蝇和蚊子到处飞舞、臭气熏天的猪圈。他们一家不分白天与黑夜,轮流照料着下完崽的母猪和刚出生的小猪崽,防止母猪压死小猪崽……王大罗听人说,青饲料喂猪好,就踉踉跄跄地跑到河边捞浮萍、到田地里打猪草,将一担担的野生饲料挑到猪场。王大罗的肩膀上起了一个大包，肿了起来。

天刚麻麻亮，王大罗一翻身爬起来。把十几个猪圈打扫得干干净净，逐一在猪圈里垫炕草。清扫猪粪时，粪渣子满地，这些他早已习惯了。对于他来说，脏味、臭味都是自然味儿！隆冬时节，有几头猪的脚爪冻得开裂，走路磨出血，病猪们烦躁不安，不肯吃食，王大罗先给猪的病爪清疮，然后涂上消炎止痛软膏，病猪们能站起来走路进食了；一头小猪窜进池塘边的灌木丛中去了，王大罗踩着冰碴子，蹒跚着追去，手和脸都被荆棘划破了，好几次差点跌进池塘，最终逮住了逃跑的小猪；朔风凛冽，王大罗喂完猪，两条羊毛裤腿已湿了大半截，几乎成了冰筒……忙碌时，他常常顾不上睡觉，忘记了吃饭，不梳头，不洗脸。白天，从这个猪圈爬出，又钻到那个猪圈。黑夜，野外模模糊糊，猪圈里黑咕隆咚，王大罗拄着一根木棍，一瘸一拐，在圈边打着手电照看四周的情况。

王大罗苦学饲养、兽医知识，购买了《现代养猪技术》《猪饲料加工技术》等几十种图书，并结合书本知识，细心观察猪的生长情况。就这样，王大罗不但学会了饲养，还学会了防疫，就连劁猪匠干的活计，他也学会了！

王大罗把养猪当成了事业，也当成了乐趣！他爱猪，猪场的小猪崽一天天地长大，他十分开心。2007年3月，成品猪可以出售了，王大罗有了第一笔收入。当时整猪的批发价为每斤六元，虽说是保本价，但毕竟是养猪后的第一笔收入，夫妻俩脸上乐开了花。2009年7月，事遂人愿，他们卖出了近70多头猪，赚了五万多元。2012年6月，王大罗出售了第二批成品猪，他说，按照现在整猪批发价，估计可赚30万元。王大罗把所有的收入都投到了规模养猪上，现在养猪场的面积从一亩多扩大到了四亩多，猪舍由一幢增加到五幢。2011

王大罗（左）在自家猪圈内

年，王大罗通过自筹资金、银行贷款等途径筹集资金 15 万元，还增建了一些环保配套设施。

许多人不理解王大罗，一名残疾人，连走路都走不稳，还养什么猪啊？有的人还认为他这样活着很不值得。但王大罗却认为，他对自己曾经走过的路一点也不后悔。一个残疾人，能实现自身的价值就是最大的幸福。

三

2012 年 11 月，时值初冬，天高云淡，风清日丽。一辆面包车越过田野，绕过村庄，循着颠簸崎岖的石子路缓缓而来，车子稳稳地停在王大罗养猪场外边的村路旁。从车上下来的是镇江市残联理事长印明、镇江市残联副理事长史寿胜和润州区残联理事长巫之海等领导。

　　印理事长看着一间间整齐的猪舍，一片片猪饲料蔬菜地，还有碧波荡漾的河塘……他转过头来，与王大罗亲切地交谈着……

　　听取了王大罗养殖生猪的情况介绍后，印理事长对他克服种种困难、发扬自强不息精神和开展养殖业所取得的成绩给予了充分的肯定。印理事长对身边的市、区残联同志说："要抓紧时间，充分进行调研。尽可能多地给予残疾人自主创业者政策倾斜，并提供资助……"印理事长鼓励王大罗继续扩大基地养殖规模，增加养殖品种；鼓励他把事业做大做强，吸引、带动更多的残疾人共同致富，在发展经济的同时也可以吸收一些残疾人到基地实践，增加残疾人的经济收入。

　　王大罗不忘印理事长的嘱托，2012年他的养殖业在扩大之中稳步发展着。在以后的日子里，他的生活将会越过越红火，成为东山村飞出的一支欢乐的歌！

　　原稿最初发表于《镇江残联》2012年第4期（总第10期）

奏响生命的强音
——高位截瘫的残疾人单华宣商海创业

苦难对于天才是一块垫脚石，对于能干的人是一笔财富，对于弱者是一个万丈深渊。

——巴尔扎克

贫穷不是从天降，生铁久炼也成钢！

——电影《十字街头》主题曲

高位截瘫的残疾人单华宣

一

单华宣,这位 1972 年出生于安徽颖上县的农家子弟,也曾和其他孩子一样拥有过快乐的童年时光。他小时候是个聪明的孩子,记忆力特别好,人家念一二十遍才能记熟的乘法口诀,他念五六遍就能背了,算术经常考满分。他还是吹笛子的小能手、体育赛场上的一员小虎将。

但是,单华宣的家庭条件十分困难。故乡的老屋低矮陈旧,在风雨中飘摇,仿佛是一架就要散架的老水车,土墙斑斑驳驳,泥灰几近脱落,可是家中的六口人还得硬撑着住下去。1986 年,他小学毕业了,本可以升入初中继续学习,但由于家庭经济条件不允许,使得他不得不过早地挑起家庭的重担,和家人一起挣钱贴补家用。他挑着担子挨村吆喝过"卖豆腐";拉着小骡车到镇子上赶过集;在田间地头忙完春耕再忙秋收……然而,他一年到头辛苦劳动,却连一家人的温饱也满足不了。他不愿再"面朝黄土背朝天",沿袭父辈的老路了。

随着改革开放号角的吹响,颖上县的许多村民开始外出闯荡,他们要改变家乡的落后面貌!改革的大潮汹涌澎湃、波澜壮阔,一些在改革大潮中施展才华的村民,没几年就回乡盖起了宽敞豁亮的楼房。这对单华宣的触动很大,他决心外出闯荡一番。

1996 年的秋天,单华宣带着妻子、抱着孩子来到镇江打工。由于没有技术,他只能靠做瓦工、做搬运工和蹬三轮车等苦活累活维持着一家人的生计。一年后,他的一个安徽老乡告诉他:贩卖蔬菜投资少、风险不大、收入快,于是他开始转行,干起蔬菜批发的生意。凌晨四点,单华宣赶到京口闸,在昏暗的路灯下,将菜农们手中的一堆堆蔬菜过磅,摆放在他的人力三轮车上,然后拉到市里去零售,赚取差价。几年下来,他积累了不少资金,于是他开起了门市,经营的规模也越来越大了,家乡农村的山货、沿海地区的海鲜、进口的调味品等都纳入了他的经营范围。

2003年3月的一天,单华宣的手机一连响了好几声,低头一看,是客户的催货电话。他装完货,就急蹬着三轮车匆匆地上路了。在路上,一辆疾驰的货车忽然朝他冲了过来,单华宣刚要避让,货车已经飞速地撞上了他,他只觉得眼前一黑,就连人带车翻滚到了路边,昏了过去……一场惨剧就这样发生了。他被送进了医院抢救,医务人员虽然把他从死亡的边缘拉了回来,但车祸使他的脊椎受损,胸部以下失去了知觉,落下了双下肢瘫痪的残疾。家里人带着他跑遍山东、上海等地的大医院,花费的医药费多达50多万元,最终也无法改变他双下肢瘫痪的现实!

那年,单华宣30岁。一个刚刚步入而立之年的人,家里要靠他撑门立户,指望他挑大梁。一个多月前,他还是那样生龙活虎、身强力壮,现在却成了瘫痪在床的残疾人,吃喝拉撒完全不能自理,柴米油盐也由妻子一人承担,命运似乎和他开了一个不小的玩笑。"以后的日子怎么过?还有一大笔从亲戚、朋友那里借来的巨额医疗债务,怎么还?"夜里,单华宣躺在床上,怎么也睡不着。屋里边,一盏昏黄的灯,发出暗淡的光亮,照着剥落的墙壁,照着破旧的窗户,单华宣只觉得天旋地转,精神近乎崩溃了。他发疯似地敲打着那双毫无知觉的腿,竭力地挣扎着想要爬起来,然而他只能仰面朝天,一点儿也动弹不得!

那恐怕是单华宣人生中最失意的一段日子了。单华宣借钱借怕了,亲戚、朋友也害怕他再开口借钱。他再也借不到钱,生活似乎陷入了绝境,他举家食粥,后来家中的生活甚至沦落到无米下锅的地步,只能靠妻子挖野菜度日。单华宣身上的褥疮开始溃烂,他的一位老乡看他可怜,掏出五元钱,替他买来了纱布,让妻子替他换药。默默无语的妻子眼睛里噙着泪水,一直守候着单华宣和他们未成年的孩子……单华宣与妻子相互体贴、相互照顾,两颗心紧紧地连在一起!

令单华宣难过的是,他的父母由于承受不了贫寒的家境和儿子单华宣瘫痪的事实,痛不欲生,先后离世。面对逆境,单华宣的内心变得更坚强,病榻成了单华宣向命运顽强抗争的战场。他开始重新思考起人生,也认真考虑起还债的计划,他详细列出还款项目,并决心付诸行动。自从单华宣瘫痪后,他的妻子就没有睡过一天安稳觉,夜里无数次给丈夫盖被子;白天只要一有空,她就半蹲在丈夫床边给他按摩双腿,促进腿部血液循环。日子一天天过去了,单华宣双腿总算没有萎缩、坏死……这一天终于盼到了,他竟能坐上轮椅,用轮椅代步,走向户外了。

二

"当年你如果不选择下海做生意,就不会这样奔波忙碌,也不至于会造成今天这样的结局,现在你想起来觉得后悔吗?"我与单华宣聊天时,谈到了这个敏感的话题。

单华宣愣愣地看了我一眼,立刻大声嚷道:"吃饭怕噎着,喝水怕呛着,走路怕摔着……那还谈得上干成什么事情?

下海做生意,是我人生的一种体验、宝贵的经历! 怎么能说我为这'后悔'?"

也许是经历了太多的磨难和曲折,单华宣比一般的同龄人更能洞察人生。坎坷的命运让他懂得活着就需要坚强,懂得如何去追求人生的梦想,用心演好自己人生的这一幕话剧。一旦选择好既定的目标,他就会为之努力,为之奋斗,纵然跌倒千百次,也要一次次地爬起来,他要再次领略成功的喜悦和希望!

2005 年的夏天,他和朋友合伙,贩卖起西瓜,赚到了残疾后的第一笔钱。后来,随着经营项目的规模越来越大,他又一次走上了新的创业之路。他搞起了家政服务,办起了搬家公司。一位热心的丹阳朋友赊给他几张台球桌,他经营起了娱乐场所。一年下来,他的各种生意收入总计达十几万元……

事业有了起色,单华宣却时常怀念过去卖菜的生涯,因为他对这份职业有着难以割舍的特殊感情。他决定重操旧业。2007 年,位于官塘桥的农副产品批发市场开业,他租了两间门面房,成为首批入驻的商户。他给自己的店起名为"江苏强立农产品有限公司",寓意是他自己是残疾人,要自强自立。他联系了许多家业务单位,每天派员工到各个单位去送菜。他的妻子更是他的贤内助,每天下午到外地批发蔬菜,晚上十点多才能回来,睡上两三个小时,又要将这批蔬菜分配给员工,让他们分批送到各个市场,送货到各个业务单位。

皇天不负有心人。凭着不懈的努力,单华宣的资金状况开始发生扭转、复苏……他还完了债,并在镇江的超市行业里做大做强,做成了行业的标杆! 目前,他的"江苏强立农产品连锁店"在镇江已达11家。他又创办了"江苏强立农产品批发网站",除了零售,还雇佣员工开展送货上门服务。2011年,11家连锁店的销售总额达1500万元。他的业务还在不断地提升和拓展。

三

单华宣创办实业,一直恪守着"兴办超市,扶残济困"的宗旨。几年来,他招聘员工,尽可能多地吸收家境贫寒的残疾人和下岗职工,这些人中,有的在他这里学到了营销的经验,有的成了业务骨干。每年,他要陆陆续续吸纳一些残疾人来超市实习,并给予二三万元的资金扶持,帮助他们加盟他的连锁超市,一旦通过物价部门考核、检查、验收,符合开平价店的要求的,政府都给每店拨付十万元的市场调节资金,帮助这些残疾人创业。

肢体残疾的李福海就是单华宣培养扶持起来的农产品种、养殖户。他是句容市朱巷村村民,2012年28岁,一级肢体残疾。2008年,李福海因背部手术而导致胸椎以下截瘫,他无法接受这个残酷的现实,产生了轻生的念头。单华宣用自己的亲身经历不断地激励他,使他的内心变得坚强。后来李福海承包了十多亩地,建鸡舍,种蔬菜和西瓜。单华宣不计任何报酬,给李福海当起了农产品销售顾问,帮他销售。现在,尝到甜头的李福海信心十足,一心想扩大种、养殖业规模。单华宣也决定为李福海作抵押,帮助他取得扶贫小额贷款。

单华宣作为镇江安徽商会的会员,考虑的问题挺多,他常常把解决一些残疾人的困难放在心上。他感慨最多的是：他扶持了一些残疾人，让他们能够生存自救。单华宣说，心理的残疾比生理的残疾更可怕，精神荒漠比物质匮乏更可怕。他不是什么"慈善家"，更不是什么"大亨"，他只是一个普通的残疾人，"扶残""助残"是他分内的事。对于身边的残疾人，他不会因为单纯的同情和怜悯随意去"砸钱"、去"埋单"，帮助他们就业、创业才是头等大事。他常教育身边的残疾员工，人活着就要有价值，要做自强自立的人、对社会有用的人，同时也要做一个具有社会公德的好公民。

单华宣为身边的残疾人铺就了就业、创业的"阳光路"，他爱心奉献残疾人事业的前景是广阔的！

原稿最初发表于《镇江残联》2012 年第 4 期（总第 10 期）

妙手起沉疴，励志创大业
——蒋子恒自筹资金，开办镇江最大的盲人中医推拿诊所

  提起大港镇上的盲人蒋子恒，当地一带几乎是无人不知、无人不晓。20 多年前，一场突如其来的眼疾，使蒋子恒失去了光明。不甘心向命运屈服的他，凭着一股子激情和韧劲儿，孜孜以求地学习推拿技术，并以优异的成绩毕业于南京中医药大学。2012 年 8 月，他自筹 20 万元，在大港镇上办起了镇江最大的盲人中医推拿诊所，同时招聘 10 多名盲人推拿师，为他们提供就业岗位。他用勇气和毅力，实现着自身的人生价值，编织出一个色彩斑斓的人生梦想。蒋子恒妙手起沉疴，励志创大业，他的明天将令人瞩目。

蒋子恒在大港自己创办的盲人中医推拿诊所内

一

　　大港，是镶嵌在长江三角洲上的一颗璀璨明珠。一条宽阔、平坦的通港大道，向南伸向远方。步入闹中取静的吉祥街，整洁的街道、密集的店面……阐释着大港日新月异的新变化、新面貌。一家大型的按摩店映入我的眼帘，"金指中医推拿"的标志牌显得格外醒目。

　　推门而入，店堂大厅宽敞而温馨。听到我的声音，三四位盲人按摩师主动和我打起招呼。他们虽然难以看见外面世界的一丝光亮，但是他们洋溢的笑容和爽朗的笑声，使我感受到他们的乐观与开朗。他们的心中充满着灿烂的阳光，他们用灵巧的双手，编织着属于他们自己的美好未来。

　　蒋子恒的手机响个不停，他熟练地按着手机上的键码，他可是个大忙人。我说明了来意，他热情地邀请我坐下，讲述起他的亲身经历和这几年创办盲人推拿诊所的感受。他说："走遍了大江南北，我依然觉得：月是故乡明，人是故乡亲。这就是我重归故乡、发展我的盲人推拿事业的原因。"

二

　　1972年春天出生在镇江谏壁镇上的蒋子恒，也曾有过金色的童年，在高高飘扬的五星红旗下快乐地学习、愉快地成长。读小学时，他学习刻苦，成绩优秀，一直担任班级的学习委员。他的作文常被老师当作范文朗读，刻成钢板油印出来，发给同学们学习参考。在镇江小学数学竞赛中，他名列前茅。1985年小学毕业，他到辛丰中学上学，因为他的成绩优秀，后来被谏壁中学"抢"走了。中考前夕，他学习更努力、更刻苦，夜以继日。渐渐地，他觉得看东西迷糊，视力在下降。他原以为是学习紧张、用眼过度，造成近视不断加深。因此，蒋子恒和家人也没有过多地理会。然而，升入高一时，他的双眼越来越看不清东西了，经医院眼科检查，诊断为"眼底球后视神经炎"。这意味着：这场突如其来的眼疾，有可能使他的双眼失去光明。

"幸福的家庭总是相似的，不幸的家庭各有各的不幸。"蒋子恒用托尔斯泰的这句名言作为开头，讲述着他那段曲折的经历。"家里人顿时心急如焚，我的父亲带着我到上海第一人民医院、上海五官科医院求医，后来又到南京军区总医院、江苏省中医院治疗，但依然没有保住我的视力。失明后，我连高一还没来得及上完就退学了……"

"那时我从一个开朗活泼的高中生，一下子变成了'眼前一片漆黑'的盲人，我不知所措，仿佛掉进了冰窟里。我不敢相信这一切都是真的！"蒋子恒无法接受这个现实，终日以泪洗面，痛不欲生。毕竟他的人生才刚开始，还有多少事业要继续，有漫长的道路要走啊！就在蒋子恒精神快要崩溃的时候，他突然想起在初中语文课本中学过的选自《钢铁是怎样炼成的》一篇课文《生命的意义》，主人公保尔·柯察金曾经说过这样一句话："人最宝贵的是生命。生命对于我们只有一次，人的一生应当这样度过：当他回首往事时不因虚度年华而悔恨，也不因碌碌无为而羞愧……"这是蒋子恒上初中时抄写在名人名言摘抄本上的一段话，也是他在作文中最喜欢引用的"名人名言"之一，这句话留在他当年日记本的扉页上，蓝墨水笔迹虽然早已化开，但已成为蒋子恒刻骨铭心的记忆。

"我与保尔·柯察金有着同样的命运,眼睛瞎了,然而保尔·柯察金敢于直面人生,连死都不怕,我还畏惧什么?"蒋子恒决心与病魔做斗争,他要做生活的强者,用生命积蓄的能量创造奇迹,书写闪光的人生!

残酷的现实摆在自己面前,经过痛苦的思考,蒋子恒决定走出人生的阴影。上不了普通高中,他就选择上盲人学校,学个一技之长,将来也有个谋生手段。

21岁那年,蒋子恒来到南京盲校学习推拿。他特别珍惜在盲校的学习机会,一丝不苟地揣摩着石膏人体模型上的经络穴位。全身12经络、361个穴位的名称,他能脱口而出。实习期间,他在江大附院学习了半年。带教老师王晓涛医生特别关照他,手把手单个辅导。南京盲校三年的学习生涯,他顺利地拿到了推拿中专文凭。

为减轻家庭的负担,他决意去深圳打工。深圳这座城市,他并不十分熟悉,何况他又是一位盲人。在那里,无论是走到热闹的街市,还是乘坐公交、地铁,熙熙攘攘的人流随时都有可能将他撞倒,或许还会发生其他什么麻烦事……然而,蒋子恒憧憬在深圳干出一番事业。既然做出了这个大胆的决定,他就不能放弃!

蒋子恒告诉我,1996年他在深圳火车站铁路医院打工,每个月6000多元工资,客人多的时候,从早到晚不得歇息;客人少的时候,他就用手指在盲文书籍上摩挲着,孜孜不倦地学习医疗业务知识。打工的生涯让他学到了本领,也让他的技术日臻成熟。当其他年轻的同行盲人医生花前月下的时候,他总是一个人到医院或是其他别的地方听教授专家讲课。

在深圳打工两年后,蒋子恒毅然辞掉高薪工作,参加了南京中医药大学面向全国的招生考试。那年，南京中医药大学推拿专业只招收 22 个盲人，他以总分第三名的好成绩被录取。蒋子恒用自己打工挣来的钱，交了三年的学费。在校期间，他除了认真学习推拿医疗知识外，闲暇时还钻研金融学知识，自己使用盲人专用电脑炒股，赚了 20 多万元。当他拿到大专文凭时，除去几年生活开支和治疗自己胃病的费用外，他手上还余有 20 多万元的存款。

29 岁那年，蒋子恒信心十足地来到上海，瞅准市场，他觉得自己具备开店的实力了，他要自己当老板。从医疗设备采购、店堂装潢装修，到日常的生活用品，他都事必躬亲，点点滴滴地置办起来。他在上海闵行区开了一家 200 多平方米的按摩院，招聘员工十六七人，当时每年租金 15 万元。在上海同行业中，他的店规模还算大，生意也还可以。蒋子恒开办的这家按摩院以中医推拿、足疗等业务为主，在治疗失眠、颈椎病、腰椎间盘突出等方面有独到之处。有好几位从陆家嘴金融区赶来的白领丽人，她们有的是低着头、托着脖子来到他的按摩院的，有的是拖着腿、弯着腰走进他的按摩院的，经过蒋子恒的一番推拿，她们离开时已能挺起胸抬起头，走起路来也已经很利落了。开业一年多，蒋子恒在上海已拥有了固定的顾客群。他深知：随着生活节奏的加快和工作压力的增大，很多人处于亚健康状态。一些人整天将精力放在觥筹交错之中，直到腰酸背痛才前来就诊。每遇到这种状况，蒋子恒便给他们讲授健康的生活理念，以防患于未然。但到了第三年，闵行区按摩院的房租涨到了每年 45 万元，蒋子恒感到压力太大，只好忍痛将店转让了出去。

令蒋子恒难以割舍的是他对盲人推拿事业的热爱，后来，他欣然接受了香港九龙一家中医诊所和《深圳商报》社记者编辑部理疗室的高薪聘请。他在不断积累更多资金的同时，也在不断总结开店的经验，他要重整旗鼓，重新开业。

三

"故乡的歌是一支清远的笛，总在有月亮的晚上响起……"爱好文学的蒋子恒常常在月明星稀的晚上思念起故乡，脑海里也便浮现起小时候看到的故乡山水和亲人们熟悉的身影。镇江新区，那一片让他饱含深情的土地，让他这个漂泊在外的游子倍加思念，他要回到故乡镇江去。

2012年8月，蒋子恒回到了魂牵梦绕的镇江。几经周折，他在大港镇的吉祥街英皇酒店旁租下了一间300多平方米的门面房，自筹资金20多万元，安排了十多名员工就业，

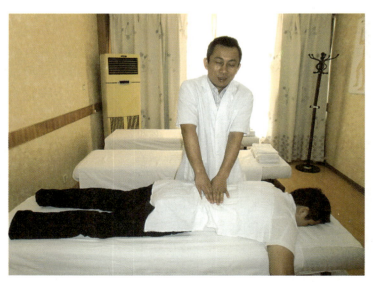

镇江最大的盲人中医推拿诊所创办人蒋子恒

办起了镇江最大的盲人中医推拿诊所——金指中医推拿，开辟了一条崭新的创业之路。

开业以来，他利用所学知识，积极为家乡人奉献着一分力量，通过采用推拿、针灸、艾灸、刮痧、拔火罐等方法，先后为千余名患有头痛、失眠、面瘫、颈椎病、腰肌劳损、腰椎间盘突出、肠胃病的患者减轻了病痛。

蒋子恒告诉我说："开业至今，推拿诊所客人最多的时候一天接待过40多个患者，但我们从不因为患者多而减少任何一个患者治疗的中间环节。"

蒋子恒的事迹不胫而走，传遍镇江及周边地区，患者纷纷慕名而来。镇江残联及新区相关部门表示：要给予政策扶持和资金帮助，将这里打造成为镇江地区盲人推拿的培训基地。蒋子恒说："我还要进军镇江市区，在那里开店，将我的盲人推拿事业做大做强，为造福故乡镇江贡献自己的一分力量。"

"黑夜给了我黑色的眼睛，我却要用它寻找光明。"蒋子恒引用顾城的诗句诠释着自己对盲人推拿事业的坚守和追求。他接着对我说："我们作为残疾人，决不应该做命运的奴隶，也不能成为家庭的包袱、社会的负担。我们残疾人应该自尊、自信、自强、自立。"铿锵的话语，寄寓着蒋子恒的一腔豪情。真诚祝愿蒋子恒和他的盲人推拿诊所前景更美好！

原稿最初发表于《镇江残联》2012 年第 5 期（总第11 期）

岁月如歌,生命如花

——访残疾人自行车运动员冷丽红

残疾人自行车运动员冷丽红

冷丽红在 16 岁的花季时,被机器绞断了右臂。然而,她却敢于直面惨淡的人生,从不屈服于命运。她靠着自己的努力与奋斗,成了一名残疾人自行车运动员。她在强手如林的残疾人国际赛场上,顽强拼搏,为祖国争得了一枚又一枚奖牌。

生命如花,岁月如歌。尽管时光流逝,始终停留在冷丽红心底的是她无怨无悔的青春记忆。

一

一个秋色宜人的上午,我前往学府路上的康居苑小区,采访镇江籍残疾人运动员冷丽红。在她租住的家中,客厅里《写意梅花图》的国画,格外引人注目。抬眼望去,盛开的梅花,傲霜斗雪,栩栩如生!

坐在我面前的冷丽红个头挺高,一双清澈的眼睛里充满热情,脸上漾着笑意:"我昨天在市一院做透析,今天早晨刚回来的。"谈起她心爱的体育事业,她依然格外激动,"我小时候就很顽皮,也很爱运动……"

在悠悠十多载的体育生涯中,她从一个普通的农家女孩成为名闻全国的残疾人运动员,实现了自己心中的梦想!在成功的背后,她有着怎样不平凡的奋斗历程?其间的苦乐人生,又蕴含了怎样的人生哲理?在她娓娓的诉说中,我领略到一个执着而真实的冷丽红。

二

1972年4月,冷丽红出生在镇江丁岗埤城的一户农家,兄弟姐妹六人中,她排行老四。她的父亲为人忠厚,母亲善良贤惠,他们身上乐观坚强、吃苦耐劳的优良品质,无形中给了冷丽红良好的心灵滋养。尽管日子举步维艰,开明的双亲还是极力支持冷丽红去上学。望着父母时常为生计发愁,冷丽红不忍心给他们再添烦恼。上初二时,有一天,老师要求他们几个没交学费的孩子回家拿钱,冷丽红心想:父亲卖了好几天的红薯藤,还筹不起学费,这学就别上了。冷丽红收拾起书包就回了家。事后老师劝她回校,家人也劝,她仍坚持不肯回学校,就这么结束了学业。她盼望着像姐姐那样外出挣钱,好替父母分忧。

16岁的冷丽红,在扬州食品饮料厂有了她人生的第一份工作。有一天,上夜班时,冷丽红疲劳极了,不慎将右手伸进了滚动着的饼干机里。右臂粉碎性骨折,她被送进医院,做了截肢手术,冷丽红就这么失去了右手。毕竟生活还要继续,倔强的她,学习起自己料理生活,练习用左手做事,甚至还学会了织毛线衣等细巧的活儿。

　　每逢带三和九的日子，是埠城的大集市，有闲工夫的人都要出来逛逛，街上都是人。铺家的台阶、住户的门前，小摊位摆得整齐而严实。吆喝声、说笑声、猪羊鸡鸭的叫唤声，震动着人们的耳朵。冷丽红缩在集市的一角，卖起了她批发的袜子。1990 年，冷丽红跑到浙江去批发了一批袜子，批发价便宜论斤称，一斤三块钱，回来后她自己包装。大集市的日子，鸡叫三遍，她就起床了，走出家门的时候，天上还耀着小星斗。冷丽红骑着自行车，赶到十多里路外的集市上去叫卖，一双袜子可以卖到三元左右的价钱。做了两年，她又瞄上了批发饼干的生意，到食品厂批发饼干，一盒可以赚五元，利润相当可观。

　　一个冬日的傍晚，冷丽红背着包从集市往家赶。看到街上的"红玫瑰歌舞厅"寻求对外承包，她很感兴趣。第二天她找到了舞厅老板，承包了下来。开业后她早起晚睡，生意也不错，每天可赚几百元。一天深夜，西北风冷飕飕地刮着，白絮似的雪花漫天飞舞，到处飘洒着……她送走了最后一个舞客，在静谧的路上，一路小跑往家赶。到家后，母亲摸着女儿冻得通红的脸蛋，心疼地说："这舞厅就别开了吧！"

　　但生性坚强的她，从小就有不达目的绝不罢休的执拗劲，这种顽强的精神，冷丽红一直坚持着。

三

　　在冷丽红的眼里，丁岗山美水美、乡风淳朴。清晨，清澈的小河沐浴在灿烂的霞光之中，飘逸在圌山间的云雾依稀可见。田野阡陌纵横，路旁河畔杨柳依依，村前屋后鸟语花香。昼出耘田夜绩麻，村庄儿女各当家。冷丽红在这样宁静的村庄中生活着。

2000 年，她的这种宁静生活被打破了。镇江市残疾人体育协会的同志找到冷丽红，告诉她，镇江要举办第一届残疾人运动会。他们听说冷丽红体质好，就动员她参加比赛。冷丽红报名参加 100 米、200 米、400 米短跑，训练了一周，比赛就正式开始了，她竟然取得了这三个项目的冠军。

没过多久，镇江市残联的同志又来通知冷丽红参加江苏省残运会。同样的三个项目，这次她得了三个亚军。江苏省残运会顺利结束，冷丽红回到了丁岗，市残联的同志又打电话给她，要她去一趟镇江。她说没空，舞厅里忙着呢。过了几天，市残联的同志又打电话给她，说他们已经到了丁岗了，省体育局的教练刘毅力也来了，请她到镇上的饭店吃饭。吃饭时她才知道，是刘教练看中了她。江苏省体育局正组建残疾人自行车队，积极为 2003 年第六届全国残疾人运动会备战。刘毅力说，在赛场上，他注意到冷丽红高挑的身材，她是难得的一棵好苗子。

冷丽红说，她要忙舞厅的生意，就不去参加省队了。刘毅力恳切地劝说，不要让眼前的利益迷住双眼，以后有机会出国比赛，可以见大世面，拿个奖牌，为国争光。冷丽红终于被说服了，到南京体工大队进行训练，开始了她的体育生涯。

在专业训练中，德国残疾人自行车世锦赛正在武汉举行选拔赛。她出类拔萃，顺利地获得了德国世锦赛的参赛资格。赴德国比赛，冷丽红取得了第四名的成绩。

出国归来，冷丽红觉得体育事业的确对她有着很大的吸引力，她要为此奋斗。她下了决心，关掉了舞厅，专心致志地投入了训练。集训场地选择在南京孝陵卫附近，风雨无阻，一天要骑 120 公里，如此繁重的训练量累得她茶不思饭不

冷丽红在江宁训练

想。一次次跌倒，一次次爬起来，冷丽红腿上伤痕累累。

周末是休息日。每到周五，冷丽红就穿上专用的训练鞋，骑着自行车从南京往镇江赶，她把这当作一次训练。到了丁岗镇，离家还有一公里是石子路，路途颠簸，冷丽红舍不得她的赛车，竟然扛车回家。

冷丽红始终乐观地面对生活。她作为队长，总是主动把每个人的生活照顾好，队里无论年龄比她大的，还是年龄比她小的，大家都亲切称呼她是"乐于助人的冷大姐"。

四

2002 年，冷丽红为参加韩国釜山第八届远东及南太平洋地区残疾人运动会做着准备，在山东日照加紧训练。有一天，训练的路程很长并且还有一段下坡路。当她转弯时，迎面窜出来一位骑车的老人,面对这突如其来的一切,她来不及做出反应,只能猛地刹车。说时迟那时快,她从高速骑行的自行车上甩了出去,头、肩、腰重重着地。她立即被送到青岛海慈医院做手术。当她从迷茫中苏醒过来时,医生告诉她:她的左锁骨粉碎性骨折,部分神经受损,肌肉群严重撕裂,她被打上了钢板。

术后不到 24 小时,冷丽红就要求出院。她依旧顽强地训练着,上身不能动,就练习腿部力量。有几个队友很不理解,冷丽红却说:"我一定要参加比赛,为国争光是我的愿望。"

手术七天后,她去医院拆了线,和队友一起登上了飞往韩国釜山的飞机。

到了釜山后,领队看她伤情很重,本不忍心让她参加比赛,但冷丽红坚定地说,自行车比赛风阻很大,她可以领骑,紧跟着的人就可以轻松些,后面的人就可以轻松夺牌。

比赛中,冷丽红强忍着剧痛,骑着车一路狂奔。她不断地催促自己:"快点骑,快点骑。"她一路领先,伤势却开始加重了,肩膀肿大了,手臂肿粗了,腿也开始肿了起来。75 公里的赛程,她坚持到 60 多公里时,实在骑不动了。她的左手失去了知觉,刹不住车。教练和志愿者跟在她车后,拼命追上她,把她从自行车上抱了下来。

比赛结束后,全队获得了这个项目的冠军,她也获得了"冲刺冠军"的奖项。赛前她还不知道这个奖项,颁奖时,她感到十分惊喜。赛场上沸腾了,无数观众为她的精神所感动。有位观众找到她,要以 5 万元买下这枚奖牌。冷丽红说,这枚奖牌是她用自己的生命挣来的,出多少钱她也不会卖。

回国后,冷丽红进行了健康检查,植入的钢板螺丝移了位,她得接受第二次手术,将螺丝复原。半年后,冷丽红常感到腰痛,尿出血,去医院检查,被诊断为"摔伤引起的肾炎"。此后,她一直在治疗,体质也受到了严重的影响。2006年,冷丽红参加了第七届全国残运会,取得第五名。参加这次残运会,她为了药检能过关,自己强制停药,但病情却越发严重了。

由于身体的原因,冷丽红慢慢地淡出了体育事业,每当谈起此事,她总是唏嘘不已。2010年,在市残联的帮助下,冷丽红成为镇江欧尚超市的一名员工。

2011年10月,冷丽红脸部开始浮肿,呕吐,浑身乏力,有天早晨起床后就晕倒了。到医院检查才发现,正常人的肾功能的肌肝值是135以下,而她的指数竟高达2000多。

疾病缠身,终于到了熬不住的地步了,冷丽红颇为无奈。2012年5月,她接受了造瘘手术,这表明,她以后只能通过血液透析来维持生命了。

伦敦残奥会如火如荼地进行着,冷丽红无时无刻不在关注她的团队和她的队友:"8月,他们又得了几块奖牌了,真为他们高兴啊!"她深情地说着,眼睛里闪烁着喜悦的泪花。

我静静地听冷丽红讲着,下意识地端详着客厅里《写意梅花图》,那画中的梅花,斗雪吐艳、凌寒留香,体现出铁骨冰心、高风亮节的高尚品格,这种高尚品格曾激励着多少人去追求心目中美好的春天!我豁然开朗了:这梅花,不正象征着冷丽红所具有的高尚品格和精神风貌吗?我再一次回过头来,向这位残疾人运动员致以深深的敬意!

原稿最初发表于《镇江残联》2012年第5期(总第11期)

力拔山兮气盖世
——记伦敦残奥会举重季军胡鹏

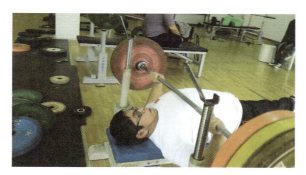

伦敦残奥会举重季军胡鹏正在训练

　　胡鹏,2012 年伦敦残奥会男子举重 75 公斤级比赛季军获得者。二十载的春风秋雨,一路风雨一路歌。一串串坚实的脚印,记录了这个句容市残疾青年的峥嵘岁月,印证了他拼搏奉献的成长历程。经历过暴风骤雨的他,在强手如林的残奥会舞台上,展示了中国残疾人运动员的风采。

　　现在,他正用坚强的臂膀和不屈的脊梁,挥洒激情的汗水,挑战极限、奋力拼搏,努力创造新的辉煌! 为了梦想,燃烧青春,扬帆远航!

一

　　初冬的晨晖,将南京的顶山晕染得色彩斑斓。在这万物凋零的季节,漫山的红叶,依然红得透彻。一条绿茵茵的田径跑道,映衬在七彩的大山背景之中,显眼而漂亮。

我日夜兼程,专程赶来,对伦敦残奥会男子举重75公斤级季军胡鹏进行采访。

我与晨练后的胡鹏一同走进顶山宾馆的大厅,他无拘无束,笑声中充满了热情、坦诚、富有感染力,一下子消除了我们见面的陌生感。我们坐了下来,促膝交谈着。他的前额宽阔,双目是那样的明亮有神,脸上线条分明,透射出一股坚毅之气,显示出一种别样的魅力!

二

2012年9月4日,在伦敦EXCEL举重馆,胡鹏举起了213公斤的杠铃,赛出了他的最好成绩,也将一块残奥会铜牌高高举过头顶。在2012年伦敦残奥会上,胡鹏是镇江唯一一位入选国家队的残疾人运动员,也是镇江唯一一名参加这一届伦敦残奥会的运动员。

那天获得残奥会铜牌的胡鹏,本想悄悄地离开运动赛场,谁料近百名中国人自发地聚在一起,他们挥动着手臂,欢呼声响起,他们为胡鹏获得残奥会铜牌而喝彩。胡鹏的眼睛湿润了……

回首胡鹏走过的人生道路,那一串串深深浅浅、弯弯曲曲的足迹,正走向成熟、走向辉煌,令人感慨、催人奋进!

句容市地处苏南,高高的赤山下有一个古老的郭庄镇。1989年1月,胡鹏就出生在这里。不幸的是,他出生五个月时患上了小儿麻痹症,双腿落下了终身的残疾。这意味着,他要比同龄人承受更多的痛苦,失去更多的欢乐。1995年9月,胡鹏到镇上的金星小学上学,性格开朗的他特别喜欢运动,浑身上下都充满了运动细胞。胡鹏说:"小时候,我的手就特别有力,掰手腕很少有人能赢我。爬竹竿,我用双手握住竹竿就能爬到竿顶。"他同正常的孩子一起比试着游泳、爬山。他家旁边的赤山,山坡很陡,一般的人爬上去都感到累,经常锻炼的他,却能轻松自如地往返。运动不仅强壮了胡鹏的体魄,也磨炼了他坚强的意志。2001年6月,小学毕业以后,胡鹏顺利考入句容市三中。对于生活的强者,残疾有时反成了一种动力。"身残志坚,自强不息,不做生活的弱者。"成了胡鹏的座右铭,他暗自痛下决心:无论怎样,一定要活出个样儿来。2004年,镇江市第三届残疾人运动会即将举行,在句容残联领导的支持和鼓励下,他填写了参加举重比赛项目的报名表。课余时间,他举哑铃,拉杠杆,手臂酸了,热敷一下再练;扭伤了腰部,贴几张伤湿止痛膏,继续进行。经过不到一个月的非正式训练,胡鹏精神抖擞地跨进了残疾人运动员的行列。

彩旗飘扬,歌声嘹亮,胡鹏踌躇满志地上了赛场。他奋力拼搏,一鸣惊人,获得了镇江市60公斤级举重冠军。他初次体验到了成功,这增强了他从事体育运动的信心。同时,他举重的潜力也引起了句容市残联的关注与重视,他们决定把胡鹏列为重点培养对象。从句容市三中毕业后,胡鹏进入了镇江市体校学习,专项练习举重。由于他成绩优异,一个学期还没有结束,他竟然被江苏省队"挖"走了。

在顶山宾馆的田径场边,有一间200平方米的举重训练房,这里就是江苏省残联举重队的集训地。为了实现梦想,胡鹏心无旁骛,一心"扎根"在训练基地里,埋头苦练着。上午要上举重技术课、心理辅导课,下午则进行举重技术训练,每天的训练时间将近五个小时。

　　残疾人运动员举重训练和健全人运动员的训练方法有所不同,他们要躺在一张专门用于训练的床上,举起架在头上面的杠铃,每一次卧举,对他们来说都是不轻松的过程。个头不高的胡鹏每天训练时举起的杠铃重量加起来,将近两万公斤。为了能在将来的运动会上取得好成绩,胡鹏常常大半年也不回一次家。每次大赛前,胡鹏的父亲胡健都会风尘仆仆地赶来。看着日夜想念的孩子每天大运动量地训练,还带着征战中留下的伤痛,他总会心疼地流下热泪。但面对祖国的召唤,胡鹏一直坚持着,毫不气馁,他对父亲说:"我要发挥自己的专长,为国争光。"

　　2009 年,胡鹏入选国家队,之后他在国内外大赛上屡创佳绩:2009 年 10 月,在印度班加罗尔举行的世界轮椅与肢残人运动会上,勇夺青年组、成年组两块银牌。2010 年 7 月,赴马来西亚参加残疾人举重世锦赛,取得男子 75 公斤级卧举第四名。同年底,在广州亚残会上夺得举重 75 公斤级银牌。

三

　　2011 年,为备战第八届全国残疾人运动会,他不畏艰苦,每天按照张海东教练的要求,不折不扣地完成训练。他还经常为新入队的残疾举重运动员示范动作,帮助他们掌握举重要领。在 60 天的封闭式训练中,胡鹏不放过任何一次训练机会,他自身的水平也在不断提高。随着运动量的不断加大,他上肢的肌肉被拉伤,疼痛得厉害,整夜难以入眠,但到了第二天,他仍然咬紧牙关,意气风发地走上训练场。在强化训练的短短三个月中,他的成绩提高了 80 多公斤。

2011 年 10 月,胡鹏随江苏省残疾人运动员代表团,参加了在杭州举行的全国第八届残疾人运动会。18 日,举行男子举重 75 公斤级比赛,胡鹏带伤上场,以 200 公斤的成绩取得金牌。这既是镇江选手在这次残运会上夺得的第一枚个人项目金牌,也是句容选手获得的首枚全国残运会个人项目金牌。

2011 年 11 月,共青团镇江市委授予他"新长征突击手"荣誉称号;同月,镇江市残疾人工作委员会授予他"镇江市残疾人自强模范"荣誉称号。

四

挥洒青春,再创辉煌,而今迈步从头越！第八届全国残疾人运动会后,胡鹏丝毫没有懈怠,为 2012 年在伦敦举行的第十四届残疾人奥运会积极备战。在伦敦,他心潮澎湃、思绪万千,作为一个残疾人,能代表祖国参加国际大赛,实现报效祖国、为国争光的理想,令他激动不已！同时,要面对高手如云的各国举重选手,他又有着无法释怀的巨大压力。比赛前的几个晚上,他辗转反侧。胡鹏的父亲胡健也放心不下,更是长夜难眠,每天晚上他都会从句容给胡鹏打越洋电话。但胡鹏不愿父亲为自己担心,他不谈比赛的情况,而只是自信地说:"一切都好,没事的!"

9 月 4 日,令人瞩目的残疾人男子 75 公斤级举重决赛终于开始了！胡鹏首次上场环顾四周,狂吼了一声,摆了个 pose,既是为自己加油打气,更是让自己兴奋起来。我和胡鹏这次谈到此事,胡鹏又一次笑了,他说:那是他多年比赛的一个习惯,是为了在比赛中给自己带来更多的自信心。风云变幻莫测的国际赛场，还是让胡鹏有些难以捉摸，在第二次试举213公斤的杠铃时，胡鹏举了起来，但裁判判他犯规了，好在第三次试举时，他终于成功了。

赛场上爆发出一片欢呼声！坚定的理想与信念、同厄运抗争的顽强精神，使胡鹏在奥运五环的旗帜上增添了一抹耀眼的亮色。

夺得铜牌后的第一时间，胡鹏拨通了父亲胡健的手机……胡健兴奋得一夜没睡，儿子胡鹏征战伦敦残奥会的这几天，他天天坐在电脑边，上网看儿子胡鹏比赛的视频。当他看到儿子胡鹏举起杠铃的一刹那，由于过分用力脸上一片红晕，似乎变了形时……父亲胡健的眼眶潮湿了，噙着泪。

胡鹏载誉归来后，镇江市残联、镇江市体育局、句容市残联对他刻苦训练、顽强拼搏、为国为家乡争光、无私奉献的精神给予了高度评价。在江苏省残奥会表彰大会上，胡鹏被江苏省人民政府记一等功一次，并被江苏省总工会授予江苏省五一劳动奖章。他自强不息的精神感动了千千万万的镇江市民。2012年9月，胡鹏勇夺伦敦残奥会举重铜牌的事迹见诸媒体。镇江市残联了解到胡鹏的家庭情况后，与江苏镇安电力设备有限公司董事长钱进取得了联系，为安排胡鹏就业积极出力。市残联工作人员做好前期工作，对镇安集团进行调研，为胡鹏挑选合适的工作岗位，根据胡鹏的建议与要求，意向性地与镇安集团达成了共识。10月22日，市残联理事长印明、副理事长孙权、办公室主任孙萍陪同胡鹏来到镇安集团，与集团签订了协议，胡鹏正式成为该集团的一名员工。

胡鹏（左一）与镇安集团钱进董事长（右一）签约

　　胡鹏来到车间，新同事们听说胡鹏是残奥会上的铜牌获得者，他们围拢上来，称赞胡鹏是镇江残疾人的骄傲，要以胡鹏为学习的榜样！作为国家队的残疾人运动员，不久又要到南京顶山残疾人体育训练中心归队训练了，胡鹏的奋斗目标是冲击下两届残奥会举重项目的冠军！镇安集团董事长钱进鼓励胡鹏继续拼搏奋斗，克服重重困难，报效祖国，为家乡人民争光！钱进董事长说，生活上的后顾之忧不必挂心，让胡鹏安心训练是企业义不容辞的责任。胡鹏说："我真的很开心！今后我将一如既往，继续努力拼搏，让全世界的人们领略到中国残疾运动员的风采，这是我矢志不渝的追求！"

　　原稿最初发表于《镇江残联》2012 年第 6 期（总第 12 期）

谁持彩练当空舞

——镇江残疾人舞蹈演员吴倩印象记

吴　倩

她，先天性耳聋，在无声世界里，凭着惊人的毅力，艰苦训练，成为中国残疾人艺术团的一名优秀舞蹈演员，先后在 10 多个国家参加过大型演出，留下了曼妙的身影。她就是吴倩，一个用舞蹈描绘出精彩人生的女孩。

吴倩矢志不渝、自强不息，用舞蹈描绘出了精彩的人生旅程。2006 年 3 月，吴倩被评为镇江市精神文明建设"十佳新人"。2009 年 1 月，她获得镇江市首届"大爱之心"荣誉称号。

清晨，沐浴在晨光熹微之中的校园渐渐醒来。

为了采撷"大爱之星"吴倩教学工作的花絮，我来到了镇江市特教中心。踏上三层楼梯，推开舞蹈教室的大门，淡淡的阳光泻了进来,洒下一地的金色光华,吴倩正站在一群聋哑孩子中间,为他们排练舞蹈。一米六八的高挑身材,亭亭玉立;清丽的脸上,双眼透出智慧。她姿势优雅、动作流畅,洋溢着激情,浑然成了舞蹈教室里一道亮丽的风景。

排练舞蹈的间歇,我们最静默的"谈话",是从纸笔摩挲之间开始的。

二

1988 年 1 月,吴倩出生在镇江丹徒区上党镇一个偏僻的小山村,父母都是地地道道的农民。先天性耳聋,使她陷入了无声的世界,她自己却茫然不知。有一天,晨雾笼罩,吴倩和村里的孩子们在村头玩耍,一辆带着拖斗的拖拉机从他们身后开了过来,模糊的影子在时浓时淡的雾气中移动,"突突突"的轮机声随风飘来,孩子们顿时四散开去,然而吴倩却静静地伫立在那里,拖拉机在她的身后停了下来。好心的司机将她抱到路边,又拖着运料从她身旁吼叫着开了过去,吴倩才意识到自己与别的孩子不一样,她伤心地哭了……吴倩的父亲吴扬成带她辗转大江南北,求医问药,哪怕有一线治疗希望也不放弃,但始终不见好转。吴倩七岁时,由于身体残疾,家附近的小学都不愿接收她,父母只好将她送到镇江市聋哑学校学习,她是全校第一位接受社会资助的贫困学生。当时的镇江交通并不方便,从丹徒区上党镇到镇江市区的市聋哑学校,需要大半天时间。吴倩不能天天回家,只能寄宿在学校里,小小年纪的她,很早就学会了照顾自己的生活。她特别珍惜这来之不易的学习机会,学习十分勤奋与刻苦。最让她感兴趣的一门特殊课程,叫作"律动课"。音乐本是舞蹈时的伴奏,靠着音乐的节拍,舞蹈演员才能将自己对音乐的感受用躯体表现出来。听不到声音的聋哑人舞蹈演员,要让舞蹈和节拍完全吻合,唯一的方法就是记忆、重复、再记忆、再重复。她们要用心灵去感知音乐的律动,用舞蹈和音乐的律动去膜拜生命。上律动课时,吴倩学得特别认真,许多学生都坚持不住了,她还是耐心地坚持着。老师敲响木地板上象脚鼓的一刹那,震动就传给了站、坐在地板上的学生,让他们明白了这就是节拍。吴倩有时趴在地板上,专心致志地感受,眼睛眨巴着,脸上露出了惊喜的神情!为了进一步体验这种感觉,她有时把音箱的声音逐步调高,脸颊轻轻地贴在喇叭上,感受着不同音量的震动。电视机里播放的舞蹈节目更是让她目不转睛。对于她来说,舞蹈完全成了一种精神的寄托,是感知这个世界和美好生活的一种方式,她开始重新定位自己的人生,她多想变成一只蝴蝶,在艺术的百花园中翩翩起舞。每天除了吃饭和睡觉,其他时间她都用在了练习舞蹈上。对于舞蹈,她有着发自生命的爱好!

吴倩对舞蹈的爱好和潜能,被聋哑学校的一位女教师慧眼识中,她被吸收进校"希望艺术团",开始接受正规的舞蹈训练。

刚进舞蹈队的时候,对于没有专业舞蹈基础的吴倩来说,手位不协调、提腿不准确、压腿不到位,这些都是经常出现的问题。但她不气馁,经常一个人悄悄地跑到舞蹈教室里,挥汗如雨,衣服湿了,脱下来挤去汗水,穿上再练。

1995年夏天,吴倩从聋哑学校放暑假回家,兴冲冲地跑进家门,抓住父亲吴扬成的袖子,比画着告诉他:我在学校里学会了跳舞!父亲吴扬成高兴得像喝了蜜糖水一样。第二天,父亲利用赶集的机会,为她买了一双白球鞋,吴倩欣喜若狂。她穿上白球鞋在堂屋里不停地跳着转着圈,舍不得脱下,这份家里人省吃俭用买来的"奢侈品",更坚定了她学好舞蹈的决心。

作为校艺术团的主力,她经常参加市、区各级文艺会演,观众们常常对这个无法听到声音的小女孩报以最热烈的掌声。

三

在吴倩看来,困难都是暂时的。她的训练难度在一天天地增加着,当初她只能原地转几个圈,现在能转几百个圈了。一曲舞蹈共有多少个节拍,凭着感觉练完舞蹈后,她竟然能丝毫不差地跳起来。她凭着记忆,在心中完美地唱响这一支曲调。为了让自己的体型符合舞蹈演员标准,她每天都要练习跑步,苦练基本功,身上青一块、紫一块的。膝盖有时被磨出血,红肿得厉害。好几次,母亲吴成芳来学校看望女儿,看到女儿腿上的累累伤痕,心疼不已,而吴倩却打着手语告诉母亲:"我热爱舞蹈,我一定要坚持下去!"

2004 年,雅典残奥会闭幕式上,中国残疾人艺术团表演的舞蹈《千手观音》引起了巨大轰动。吴倩在电视荧屏上看到转播后,激动不已,彻夜难眠,她完全被《千手观音》的艺术魅力征服了! 她萌生了一个强烈的愿望,她也要跳《千手观音》,成为中国残疾人艺术团的舞蹈演员!

经过多方联系,2005 年 3 月,她和父亲吴扬成第一次北上自荐。在中国残疾人艺术团,她与演出部的老师们见了面,她亲眼见到了《千手观音》的排练现场和心目中的偶像邰丽华、姜馨田等合了影。她在艺术团老师面前跳了《千手观音》《雀之灵》的舞蹈片段,得到了老师们的赞赏。这一次自荐,艺术团并没有收下她,因为她"体型还有点偏胖""基本功还不是很扎实"。但演出部王晶老师却给了她希望,告诉她:"2005 年 6 月,将会通过全国残疾人舞蹈大赛选拔一批优秀舞蹈演员。"

从北京回到镇江,吴倩深感自身的差距,她要下更大的功夫,在老师的辅导下苦练基本功。父亲吴扬成每天陪她跑步瘦身,运动场上洒下了他们的汗水。短短的三个月,吴倩的体重下降了 10 斤!为了练功,身上又添了无数伤痕,但她绝不停息。丹徒区文联的同志闻讯后,被吴倩自强不息的精神所感动,专门派来区舞蹈家协会和音乐家协会的专业老师对她进行个别辅导。舞蹈老师马建华为吴倩设计了一个独舞《兵丫》。吴倩通过观看碟片,用了三天三夜的时间,就将舞蹈完美地呈现了出来。在马老师的指导下,吴倩的舞技有了质的飞跃。2005 年 6 月 18 日,在南京举行的"寻找江苏残疾才艺少年"的舞蹈项目大赛中,吴倩喷着止痛喷雾上场,带着伤痛完成了独舞《兵丫》,引起了现场的中国残疾人艺术团刘团长、演出部王晶老师和几位主演的关注。王晶老师说:"没想到在这么短短的三个月时间里,吴倩瘦了这么多,舞技提高得这么快,吴倩的精神了不起啊!"

正是凭着这种天赋和执着,吴倩在后来的舞蹈大赛上脱颖而出,一举夺得亚军。她离自己的梦想越来越近了。功夫不负有心人,2005 年 9 月,一封发自中国残疾人艺术团的挂号信寄到吴倩的手中,吴倩终于跨进了中国残疾人艺术的最高殿堂——中国残疾人艺术团,实现了她心中的梦想。

四

2005年12月3日,吴倩参加了在人民大会堂举行的"我的梦——纪念国际残疾人日"大型演出,表演了舞蹈《黄土黄》《秧苗青青》《蝶》。演出成功后,她受到了胡锦涛等党和国家领导人的亲切接见。吴倩随团出访了日本、泰国、新加坡、奥地利等十几个国家。2007年,吴倩发奋学习,考取了北京科技大学舞蹈专业本科,第一学期就拿到了奖学金。2008年9月6日,吴倩参加了北京残奥会开幕式中的舞蹈表演——《永不停跳的舞步》。

2010年10月,吴倩从中国残疾人艺术团退役后,始终没有放弃自己在舞蹈道路上的追求。从北京回到镇江,她被安

指导孩子们练功的吴倩

排在丹徒文化馆上班。她坚持每天练习舞蹈基本功,还阅读大量文学、艺术类书籍,苦练书法,以提高自身的文化素养。2012 年 9 月,经镇江市残联推荐,吴倩被借调到镇江市特教中心当舞蹈老师。回到母校的日子里,她进一步发挥自己的舞蹈特长,教残疾孩子们练习舞蹈。舞蹈班有 20 多名学生,大多数是聋哑孩子,还有几名智障孩子,她花费了大量的精力。吴倩在舞蹈教学的道路上,正进行着新一轮的尝试,她不畏惧困难,在艰难的舞蹈教学中砥砺前行!

现在,吴倩的愿望是独立编排出自己的舞蹈节目,让这些自己指导过的残疾孩子们,真正地走上属于他们自己的舞台。

原稿最初发表于《镇江残联》2012 年第 6 期(总第 12 期)

自胜者强

——记镇江肢残人篆刻家印建南

在艺术的"跑道"上,我是一个"晨练"者,我每天都沿着自己的"跑道"跑步,而且,我也渴望能跑在他人的前面。

——印建南

隆冬时节的一个早晨,我应邀前往印建南艺术工作室,拜访著名的肢残人篆刻家印建南。印建南艺术工作室坐落在谏壁发电厂的东区大道旁边。晨曦透过窗棂,工作室里温馨而恬静,书籍资料堆放得如一座座山峰,印章上的红色印泥似一朵朵鲜花,墙上挂满了他创作的书画篆刻作品。让我惊叹不已的是:他的篆刻艺术竟如此美妙而神奇!说起篆刻,印建南滔滔不绝,语气中透出自豪和喜悦。他说,篆刻给他的人生带来了无穷的乐趣,也让他结交了天下众多书画知音……

聆听他的艺术人生,我仿佛走进了他那别是一番天地的篆刻世界。

一

1963年10月,印建南出生在常州一个普通工人家庭,兄弟姐妹六人中,他排行老五。不幸的是他两岁时,患上了小儿麻痹症,右腿落下了终身残疾。1971年9月,印建南就读于常州戚墅堰电厂子弟小学,性格开朗的他特别喜欢上美术

镇江肢残人篆刻家印建南

课。印建南说："小时候，我总喜欢一个人趴在桌上写字、画画，我至今还保存着那时的图画本。"1976年6月，小学毕业以后，印建南顺利进入常州市第十四中学读书。从朦胧的孩提时代起，他就一直在与自卑抗争。遍尝辛酸与苦楚，在残疾的阴影里，他追慕美善，渴望自己成人后能与常人一样为社会创造价值。高尔基"人都是在逆境中成长起来的"这句名言始终激励着他。也许正是这样，印建南从小学到高中，在美术、书法方面，一直是学校最优秀的学生。他在书画篆刻上表现出极高的悟性和勤奋的精神。他的美术老师万小虎，一位从南京师范大学美术系毕业的高才生，特别喜欢他。在万老师的熏陶之下，印建南渐渐爱上了这门艺术。初中和高中阶段，他在万老师的指导下，刻苦钻研书画印这门古老的艺术。从萌芽到感悟，从此一发不可收拾。

1981年,印建南进入谏壁发电厂工作,当了一名机械工。凭着良好的工作作风和过硬的技术本领,他没有出过一次质量差错。当年的单身汉宿舍,十多个平方米的空间,房子小,条件差。下夜班的工人邻居们发现他特别喜欢熬夜。夜深人静时,一盏孤灯经常伴随他在桌边读书习字。厂子里的影剧院放映好看的电影,大家相拥而去,他也总是婉言推辞。在那段十多年难忘的单身时光里,印建南对书画篆刻倾注了几乎所有的精力,完全到了痴迷的程度。唐宋传统、明清传统及近代诸家,他临摹创作了一批又一批的作品。但他从不感到满足。即使在快乐的时候,他心中也总有一种潜在的忧虑、不安和期待。他常常对镜自问:你的作品到底怎样呢?你的这条路还走得下去吗?有没有走出一条自己的路呢?

从哲学、文学、诗词的阅读到对宋元明清书画的研究,他完全浸淫于古代文化艺术的氛围之中,同古人进行着特殊的对话。他时常将自己对艺术的理解和感悟,用手中的笔和刻刀述说。他说:"印者,尽可以以自己的方式述说,不管这世界上存在多少种声音,你要发出自己的声音。"

二

印建南积极要求上进,凭着自学而成的扎实的美术和书法功底,他被调到厂团委专门从事宣传工作。四年的共青团团委宣传工作,历练了他的才智,丰富了他的人生,提高了他的整体素养,激励了他奋发向上的进取心和奉献精神。在共青团团委宣传岗位上,他曾荣获"江苏省优秀青年工作者""镇江市优秀团干部""镇江市新长征突击手"等荣誉称号。印建南并没有因此而满足,对于他来说,团委的工作能锻炼提高一个人的整体素养。这是人生成长的一个过程、一种经历,更是人生之大幸。而学习的目的并不是单纯知识含量的增加,而是人格含量的提升;不是名气的大小,而是人格熏陶的默化;不是功名利禄的获得,而是良好习惯和真善美理念的养成。

印建南的篆刻艺术在不断提升,20 世纪 80 年代初,他的篆刻作品开始散见于《青年报》《中国书画报》《中国青年报》《江苏工人报》等全国各大报纸杂志上。印建南成了一颗闪亮的艺术新星、古城镇江的一张文化名片。

印建南篆刻作品《自胜者强》

光阴似箭,注重理论联系实际的他,开始体验另一种人生。他常和全国各地的书画爱好者相约到各地采风并举办篆刻联展,尽情陶醉在相互之间的交流和探求之中,创作的灵感在不断地升华。唐代书法家孙过庭在《书谱》中说:"既知平正,务追险绝。既能险绝,复归平正。"印建南浪迹天涯,经历了"看山是山,看水是水;看山不是山,看水不是水;看山还是山,看水还是水"的三重境界,最后他再回到书房"飞鹏阁",苦心孤诣,刀耕不辍,便有了更多的篆刻作品流布于世,既见为书画名家刻制的闲章,又见藏家收藏的名章,同道中人口碑多有褒扬。三十余年矢志不移,新作更令人耳目一新,其篆刻气韵、意境俱足。中国书法家协会副主席、著名书法家言恭达先生曾评论他的篆刻作品:"出新意于法度之中,寄迁想于烂漫之外。无论从技法、风格到神采已到一定层面与境界。建南印作已多次参加国家级篆刻展,颇得篆刻界注目,实为江苏书坛上中青年印人之佼佼者。"

忆往昔,峥嵘岁月酬! 如今名气越来越大了,印建南给自己冠以"御风散人"的雅号,他给我的那张十分特别的名片上,就是这个称谓,或多或少表达出眼下他在滚滚红尘中一种豁达的心襟。近年来,印建南从不勉强自己刻印,他希望他的作品返璞归真——从有知回到无知,从有法回到无法。

三

他的书画篆刻作品先后参加了江苏书坛新人展,全国第三、四届篆刻展,以及第二届国际篆刻展、江苏青年书法篆刻精品展、首届中国书画艺术大展、全国中青年篆刻家作品展、第六届当代书画家作品邀请展,西泠印社第五届篆刻展、当代篆刻艺术大展、全国60印象篆刻提名展、全国中青年书法篆刻百强榜作品展、首届全国当代书画名家联名展等。作品刊发在《美术报》《中国书画报》《书法报》等专业报刊上。中央电视台、江苏卫视、中国国际广播电台、江苏人民广播电台等电视台和电台,以及《东方航空》《中国航空旅游》《艺术与收藏》《中国书法》《现代书画家》《书法》《城视》等杂志,纷纷对他进行采访。"中国书法网""收藏网""中国篆刻网""中国文房四宝网""中国书法艺术网"等新闻媒体、报纸杂志及艺术网络对其做过专题采访或刊发专题介绍。

印建南（右一）1998 年为来访的意大利朋友创作书画

2010 年 11 月，印建南荣获第七届中国文化艺术政府奖的最佳成就奖，2011 年 12 月荣获国家级艺术成就奖一等奖，2012 年 11 月他列入"当代中青年书法篆刻家 100 强"。2008 年至今，他的篆刻、书法、花鸟画作品曾被编入《当代中青年书法百强榜作品集》《全国当代书画名家作品集》《60 印象全国篆刻名家作品集》《中国篆刻艺术珍藏馆作品集》《全国中青年书法篆刻家品集》《江苏印人画家联谊作品集》等。他的部分作品还被中国篆刻博物馆、江苏省国画院、中国博物馆、郑板桥纪念馆等多家博物馆收藏。

社会的发展与生活节奏的加快，导致了社会分工的日益精细。艺术也是这样，网络信息的迅猛发展，既极大地拓宽了艺术创作与欣赏者选择的范围，又推动了艺术创作的多元性。作为篆刻家，在提高与纯化既有篆刻风格的同时，有目的地选择一些相关的艺术门类，也是必需的。由于篆刻与书法、绘画、诗词有其明显的血缘关系,在这几个方面苦练内功,不仅是提高自身素质、修养的需要,而且对作品内涵的丰富与篆刻风格的形成,有着特殊的意义和巨大的作用。

印建南用篆刻艺术装点着生活,而他的成就、他的艺术魅力也使得他的生活绚丽多姿,充满无限的幸福和快乐。

原稿最初发表于《镇江残联》2013 年第 1 期(总第13 期)

印建南　画

银球飞舞铸辉煌

——访残奥会乒乓球女单冠军刘静

打乒乓球让我变得更自信,有勇气面对生活中的一切困难!

——刘静

广袤的南京顶山弥漫着浓烈的春天气息,暖春四月的一个清晨,朝霞灿烂,山野攒翠,我踏着绿色的跑道,走向乒乓球训练大厅。在那里,我见到了坐在轮椅上训练的刘静,她的眼睛清澈而明亮,眼神温柔而坚毅。长长的运动裤遮住了她残缺的小腿,但遮不住她火热的心,还有脸上灿烂的笑容。

我在她的面前坐了下来,听她讲述着不平凡的人生经历。

一

1989 年的夏天,江苏邳州市暴发了一次规模较大的小儿麻痹症疫情,一个月内就有 648 名儿童被感染,293 人肢体严重残疾。出生在当地一个农民家庭的刘静,也未能逃过这场劫难。她出生才十个多月,就患上了小儿麻痹症。

孩子的双腿面临着瘫痪,父母心急如焚,毕竟刘静漫长的人生道路才刚刚开始啊!他们带着刘静,跑遍了邳州市内所有的医院。听别人说针灸可以治疗瘫痪,就带她到十几里外的乡镇去针灸,无论刮风下雨、酷暑严寒,一年之内从没有间断过治疗。

1995 年,经过邳州市卫生局长张辅世的再三协调,一所由五亩地、简陋房屋构成的"邳州市红十字会小儿麻痹症康复部——希望之家"成立了。一位姓张的爷爷找到刘静,让她进入这所由挪威慈善基金捐助的小儿麻痹症康复机构进行学习和康复。刚进入学校时,刘静觉得很陌生,很害怕。因为她长期在家,很少出去玩,怕看到别人异样的眼神,自己也变得很内向。与其他孩子相处的时间久了,彼此之间有了很多共同的想法及生活习惯,刘静很快就融入了这个充满快乐的大家庭。在"希望之家",她学到了很多东西,感受到了学校的温暖与来自老师和同学们的关爱。记得有一次,学校组织她们去游乐场游玩,这是刘静自残疾后第一次走出去,除了开心以外,还充满了好奇。

"希望之家"的老师为了强壮这些残疾孩子的身体,搭建了简易大棚,并买来了乒乓球和球拍,开始每天教孩子们学打乒乓球。刘静很担心自己的身体,她对教练说:"我有一只手不好,可以打球吗?"当得到肯定的答复时,刘静很开心,因为这起码是对自己的一种肯定。在完成学业之余,刘静把自己大部分的时间用了在打乒乓球上。初学乒乓球时,刘静感到生活中充满了苦涩,球拍握不住,胳膊又总在球台上磕磕碰碰,经常是青一块紫一块。日也打,夜也练。短短几个月,她体会到了体育锻炼给她身体机能的恢复带来的变化。"刚开始训练时,我连最简单的掂球,也只能掂十几个。"但刘静自信自己能够成为一名优秀的残疾人运动员,她给自己制订了训练计划。夏天酷热难挡,刘静挥汗如雨,常常汗流浃背,十几分钟就要喝一杯水。冬天来了,手被冻裂,而且肿得像馒头一样，一用力就钻心地疼，经常连球都抛不起来，但只要练起球来，她就什么都忘记了。经过刻苦训练，球技见长，刘静打遍乒乓房没了对手。

在艰苦、枯燥的训练之余，刘静尤其爱读美国盲人女作家海伦·凯勒的《假如给我三天光明》。当她读到海伦·凯勒在田野跑跑跳跳，在地里埋上种子，爬到树上吃饭，去河边玩水，还饶有兴趣地摸一摸刚出生的小猪时，非常羡慕。虽然身体残疾，但这却让刘静懂得了对生命的珍惜和对生活的感恩。

2000年，刘静12岁，镇江359医院骨科主任刘方刚亲自为她做了脊柱矫形手术。手术成功后，刘静侧弯的脊柱得到了矫正，挺直了脊梁，发育也正常了。

手术后不久，刘静就顽强地继续练习打乒乓球。由于腰部在训练中又一次损伤，2001年刘静又连续做了两次手术。术后，她经常疼得说不出一句话，母亲惠广荣落下了伤心的泪水。但刘静强忍着，不让眼泪流下来，怕母亲看见了伤心。

残奥会乒乓球女单冠军刘静

二

回忆起 2003 年进入江苏省队后的往事,刘静说,那时无法像正常孩子那样自由行走。她每天打乒乓球,在乒乓球台上寻找着唯一的精神寄托,觉得生活过得很充实。每天早上 7 点,刘静就早早来到训练大厅的乒乓球台前,一练就是两个小时;下午 3 点,她又回到训练大厅练球。春去秋来,寒来暑往,一直坚持到现在,刘静手指上满是茧。

每天回到宿舍,刘静就上网反复观看乒乓球比赛的录像,琢磨别人的打法,如怎么发球、如何移动、打球的落点等,然后不断地尝试正手、反手、抢攻、快攻的练习。

2003 年 9 月,刘静首次代表江苏省队征战全运会,在第六届全国残疾人运动会的单打比赛中获得了第六名。她崭露头角,被挑选进入了国家队。2003 年 11 月,世界轮椅运动会在新西兰南岛城市克赖斯特彻奇举行,刘静一鸣惊人,取得了一金一银的好成绩。鲜艳的五星红旗在国际赛场上高高飘扬,刘静掩饰不住内心的激动。她的自信心也大大增强,因为有梦,就会坚持下去。

2005 年年底,刘静伤势特别严重,又一次做了腰椎手术。比赛一天天地临近了,然而她的身体还没有完全恢复,医生建议她还要休息一段时间。为了能在比赛中取得好成绩,刘静坚持去参加训练。这次世界锦标赛关系着 2008 年残奥会的积分。按照严格的比赛规则,小组赛只有第一名才可能出线。而在此时,刘静偏与雅典残奥会的冠军,也就是世界排名第一的法国选手分到了一组。由于此前她从未接触过欧洲选手,也不了解他们的打法,因此比分咬得很紧。

比赛进行到第五局时,她却在 9 : 7 领先的情况下输掉了,结果无缘单打金牌。这次的失败给她的教训是刻骨铭心的,刘静懂得胜利在望,不等于胜利在握。她不断地勉励自己:努力,努力,再努力。

备战 2008 年北京残奥会,刘静不畏艰苦,每天按照衡新教练的要求,不折不扣地完成训练。在封闭式训练中,由于运动量的不断加大,她上肢的肌肉被拉伤,疼得厉害,彻夜难眠,但到了第二天,她仍然咬着牙关,意气风发地走上训练场。

2008 年北京残奥会终于来到了。9 月 10 日,乒乓球女子单打 F1 - 2 决赛在北京大学体育馆举行。工作人员推着刘静的轮椅走上赛场,她穿着一身红色运动 T 恤衫,显得刚毅而从容。时间一分一秒地过去,她在比赛中一个又一个精彩的回球,赢得了观众一阵又一阵欢呼声!终于,她以 3 : 1 的成绩战胜意大利选手帕梅拉·佩祖托,夺得冠军,取得了 2008 年北京残奥会乒乓球项目的第一块金牌。她在轮椅上向热情的观众挥手致意。与厄运抗争的坚定信念,在困难面前永不屈服的精神,使刘静永载残奥会的史册。

三

载誉归来后,中共徐州市委、市政府对刘静刻苦训练、顽强拼搏、为国为家乡争光、无私奉献的精神给予了高度评价。刘静被授予全国五一劳动奖章。她自强不息的精神,感动了江苏大地上千千万万的人们。

2013 年 3 月,由江苏省和镇江市残联牵线,恒顺集团旗下的镇江恒达包装有限公司董事、副总经理谢玲向刘静发出邀请,愿意吸纳她为该公司的正式成员。早年,谢玲的妈妈作为知青下放在邳州,在邳州生活过一段时间。几年来,谢玲一直关注着刘静。谢玲说,刘静的孩子与自己同龄,她会把刘静当作自己的女儿看待。当得知谢玲是一位爱心企业家,尤其是一位关心残疾人的爱心企业家时,刘静很开心。

刘静(前排中)和镇江恒达包装有限公司谢玲副总经理(后排中)签约后与江苏省残联段立新处长(前排左一)、镇江市残联印明理事长(前排右一)等合影

生活和工作在镇江恒达包装有限公司的残疾人,除了肢残人员外,还有聋哑人,他们与正常人同工同酬,可以参与评先争优,也可以参与管理工作。残疾人在这里工作,可以充分发挥自己的特长,不会受到任何歧视。

"我会把这里当作自己的家。"刘静说,她目前仍是国家队残疾人运动员,正在积极备战,准备冲击下两届残奥会轮椅乒乓球冠军。等集训结束后,她会常来镇江。谢玲承诺,她愿意解决刘静生活上的一切后顾之忧。

镇江市残联理事长印明说,刘静是一位杰出的残疾人运动员,为国家赢得了不少荣誉,工作上、生活上需要得到更可靠的保障。爱心企业家的加盟,无疑给运动员吃下了一颗定心丸。江苏省残联相关负责人对此给予了充分肯定,并勉励刘静继续刻苦训练、努力拼搏,为国家增光添彩。在签字仪式上,谢玲和刘静的手紧紧握在一起。

采访结束时,刘静对我说:"学习乒乓球让我收获了很多,学会了宽容与坚强,也让自己变得更加自信。困难和挫折都不可怕,可怕的是丧失做人的志气与勇气。每当我站在最高领奖台上的时候,我的心里感到无比的光荣和自豪。感谢我的父母,是他们的支持让我走到了现在;感谢教练,是他默默无闻的付出让我更加有信心,去面对以后的每一场比赛;我也很感谢家乡对我的关心与支持,感谢所有帮助过我的人!"

原稿最初发表于《镇江残联》2013 年第 2 期(总第 14 期)

绽放舞蹈艺术之美
——记镇江特教中心"希望艺术团"

舞蹈以综合性的形态动员生命,以律动性的本质表现生命,以实用性的意义强调生命,以社会性的功能保障生命。

——闻一多

这是一群聋哑孩子,他们在舞台上表演舞蹈,每一次美丽绽放,都要克服巨大的困难。2012 年 10 月,在江苏省第八届残疾人文艺会演上,来自镇江特教中心"希望艺术团"的孩子们表演的舞蹈《想爸爸,想妈妈》,至真至美,用真实的情感表达了对亲情的思念和呼唤,最终荣获演出一等奖。

2013 年 3 月,"希望艺术团"被镇江市精神文明建设指导委员会评为镇江第五届"大爱之星"群体;2013 年 4 月,

"希望艺术团"舞蹈《想爸爸,想妈妈》

排练现场

"希望艺术团"被江苏省教育科技系统工会授予"五一巾帼标兵岗"称号。

热烈奔放的乐曲响起来了。沐浴在透射过窗棂的灿烂阳光中，一个个轻快的身影，随着乐曲节拍边歌边舞，从舞蹈教室的中间游弋到四周，又从四周游弋到中间。墙壁上的那面大镜子，映照出他们优美的步伐和风姿。

他们是从镇江各地区聚集而来的聋哑孩子，他们是镇江市特教中心的学生，他们年龄不过十多岁，但完全沉浸在舞蹈艺术的欢快与愉悦之中。

镇江市特教中心"希望艺术团"于 2004 年 5 月揭牌成立,2010 年 12 月,镇江市特教中心被教育部和中国残联联合命名为"全国特殊艺术人才培养基地"。基地现有学生 24 名，一线老师 12 名。其中，女老师就有 11 名。女老师以其数量的优势，在培养艺术人才的方面发挥着主导作用，展现出巾帼豪情。她们用严师情、慈母爱，为舞蹈艺术特殊教育事业打开了一扇希望之窗。她们专业精湛、德艺双馨，她们立足岗位、无私奉献，为镇江校园文化艺术教育撑起了一片蓝天。她们无愧于"五一巾帼标兵岗"的光荣称号，赢得了社会各界人士的交口称赞。

那是一个初夏的清晨，我迎着晨曦，来到镇江市特教中心。舞蹈教室里，孩子们在压肩、压腿、劈叉、下腰、大踢腿……站在他们面前的是一位爱岗敬业、具有丰富舞蹈教学经验的好老师——吴倩，原中国残疾人艺术团舞蹈演员，一个用舞蹈描绘出了精彩人生的聋人女青年。

走进舞蹈教室时，我与吴老师目光相遇，她优雅的举止让我眼前一亮。但我们无法用言语交谈。随后，她在办公桌上抽出一张纸，写道："下午要去市残联，排练舞蹈《想爸爸，想妈妈》。"在"希望艺术团"的舞蹈教学上，吴老师花费了大量的精力，在艰难的舞蹈教学中砥砺前行，进行着新的探索与尝试！

"希望艺术团"一直活跃在校内外的舞台上，展现出镇江市特教中心学生们的精神风貌，参加过镇江市政府、市委宣传部、妇联、文广集团等单位组织的各类公益活动近百场，为古城的人们带来了一场场视觉盛宴，为"大爱镇江"的文化建设做出了积极的贡献。

二

2012 年 7 月,为迎接在南京举行的第八届省残疾人文艺会演,镇江市特教中心开始排练《想爸爸,想妈妈》,时间紧、任务重。几个刚从一年级升上来的小演员,完全没有舞蹈基本功,有的连手语也不会,如何在舞蹈中做到整齐如一、步调一致,舞蹈训练的难度很大。舞蹈排练由陈慧老师负责,按她的要求:一个细小动作不到位,就必须排练半天。以往排练舞蹈只安排两名手语指挥,为了避免演出中出现闪失,这一次排练,要求四个墙角边都各要站一名手语指挥。国家一级舞蹈编导、江苏省舞蹈家协会副主席王爱国从南京赶来,亲自指导舞蹈的编排。吴倩担任舞蹈《想爸爸,想妈妈》的排练和手语指挥。训练从 7 月份开始,24 名学生放弃了暑假休息,整整奋战了 100 多天。

吴老师在纸上写道:"舞蹈训练中的一个动作,有的是上百遍,甚至是上千遍才能表现出来的。"有几次我在现场看他们排练,随着手语指挥给出的节拍,孩子们兴高采烈地跳起舞来,节拍竟把握得如此准确,非常令人佩服。吴老师在纸上唰唰写着,告诉我:"孩子们都挺有舞蹈方面的天分的,我们老师要给他们搭建好表演舞蹈节目的舞台。"

排练舞蹈《想爸爸,想妈妈》的那段时间,吴老师一大早就赶到学校,有时一直忙到晚上 10 点。排练紧张时,有时每天要工作十几个小时。白天,吴老师投入其中,有时,晚上就和几个女学生挤在一间屋里睡。这个在舞蹈教学上精益求精的老师,至今还没有孩子,但她却把这些聋哑孩子当成自己的孩子,帮助小女孩们梳头、扎辫子、洗澡。只要孩子们练习舞蹈,吴老师都会在现场,带着他们一遍遍地重复着动作。

10月12日,由镇江市残联副理事长孙权、特教中心校长张全宝率领的"希望艺术团",赴南京参加江苏省第八届残疾人文艺会演。文艺会演在南京前线文工团举行。聚光灯亮了,观众屏住呼吸,等待舞者出场。大幕拉开后,走出来的是镇江的一群不同寻常的孩子。在舞台明亮的灯光下,一群留守的孩子在电话这一头,焦急地等待着,等待着爸爸妈妈能接听他们的电话,而他们的爸爸妈妈却奋战在火热的工地上,虽然听见了响起的一串串电话铃声,因为忙碌却只能在匆忙之中挂断电话……留守的孩子,承受着没有爸爸妈妈陪伴的童年,他们的内心是何等的孤寂,而这一群生活在无声世界里的聋哑孩子,他们在现实世界里,内心又何尝不是孤寂的呢?孩子们用真实的情感表达了自己对父母的思念之情,显示出编排这个舞蹈深刻的思想内涵。

观众席上爆发出一阵热烈的掌声,有些人的眼中闪烁着泪光。因为这些孩子都是聋哑孩子,有些生活都难以自理。对于他们来说,跳舞原本是远在天边的梦想,现在,却成为能梦想成真。

三

匆匆忙忙吃过午饭,吴老师取出舞蹈服和舞鞋,我们一同前往镇江市残联的一个大型的舞蹈场地。为了备战7月底在福州举行的第八届全国残疾人文艺会演,2013年初夏,"希望艺术团"一直在马不停蹄地进行着排练。市残联与市特教中心紧密配合,积极做好准备工作。舞蹈《想爸爸,想妈妈》和扬中市残联选送的声乐《北京,北京》,将代表江苏省残疾人代表队参加第八届全国残疾人文艺会演。吴老师还要在声乐《北京,北京》中担任独舞表演。

走进镇江市残联综合服务大楼,乘电梯直上四楼,宽阔的大厅里已传出了阵阵悠扬的乐曲,24 名穿着艳丽舞蹈服的聋哑孩子认真地排练着。

没有过多的寒暄,他们很快摆好了舞蹈开始前的亮相造型,站到我们的面前。舞蹈老师们凝视着每一个孩子的动作,手臂不停地挥打着节拍,仿佛告诉孩子们紧跟节拍,每一个动作都要舒展到位。连贯的动作和分解的动作反复跳上十几遍。虽然大厅里开着空调,孩子们穿着单衣,但他们额头上却汗珠点点,两个多小时的连续排练,中间只休息了一次。

镇江市特教中心分管"希望艺术团"工作的学工处徐杉主任告诉我,参加演出的小演员全部都是聋哑学生,其中大多数是留守儿童,舞蹈表现的是他们的真实情感,仿佛就是他们自己的亲身经历。市特教中心打造的"希望艺术团"不仅要丰富残疾学生的业余生活,更重要的是为他们提供展示才艺的舞台。教学相长,训练还要注重残疾孩子心理素质的培养。

近年来,"希望艺术团"表演的节目分别获得过国家、省、市级奖项近 20 个。艺术团先后培养出了镇江市精神文明建设"十佳新人"赵小芳、"黄奕聪"奖学金才艺奖获得者黄志琴、2008 年北京残奥会开幕式聋人舞蹈队员帅琪……镇江市特教中心"希望艺术团"的孩子们,用舞蹈展示出绚丽夺目的色彩,绽放出艺术之美,也让我们看到他们更加炫烂的明天。

本篇最初发表于《镇江残联》2013 年第 3 期(总第 15 期)

生命的放歌
——记"镇江的海伦·凯勒"王千金

　　求知的欲望永无止境,中国的文化博大精深,它永远给予我写作的正能量。

——王千金

一

　　在热闹的镇江大市口永安路菜场旁边,有一栋普普通通的老式楼房。楼房的一楼,住着镇江知名度极高的网络作家王千金。闹市杂乱的喧嚣丝毫没有妨碍她创作的激情,她日复一日,年复一年,在自己的房间里坚持创作小说。

"镇江的海伦·凯勒"王千金

20 岁的女作家王千金是一位脑瘫患者,除了头部,四肢都无法活动。出生后,她没有上过一天学,但她却学会了用嘴唇在电脑键盘上打字,并用这种方法艰难地进行着小说创作。她走红网络,成为"小说阅读网"的签约作家。王千金给自己取了个笔名,叫"被贬下凡的仙子"。"被贬"似乎寓意着自己真实的生活状况,"仙子"是她心灵的美好愿望与梦想。现在,她用嘴唇敲击完成的小说《拽公主的霸道太子爷》,达 41 万多字,网上的点击量达 130 多万次。另外一部名叫《死神公主的冷殿下》的小说,目前已写出 8 万多字。由于她能听懂日语,她还根据日本动漫《家庭教师 reborn》,改写成一部名为《只是大空的岚》的小说,时下也写了 6 万多字。《人民日报》海外版"神州速览"栏目曾对她进行了专门报道,称她是"一个书写传奇的江苏镇江女孩"。

不久前,王千金成功入选"江苏好青年百人榜"。为此,笔者来到她的家中,对她进行专访。

二

这是一个冬日的阳光明媚的下午,我来到王千金的书房,只见她穿着厚厚的天蓝色羽绒服,坐在轮椅上,双臂紧紧地夹住轮椅后背的架子,不时探下头去,凑近电脑的键盘,噘起尖尖的嘴唇,轻轻"按"着键盘上的一个个字母。电脑屏幕上出现了一排排字。墙上贴满了青春偶像的海报。电脑里播放着台湾流行女歌手王心凌舒缓轻快的歌曲。桌上放着许多卡通人物的玩具,其中有《火影忍者》中的主角佐助、鸣人、四代火影。

我在纸上写下一句话:"写作是你的爱好吗?"王千金在

王千金用"嘴唇"进行创作

电脑屏幕上回答道:"不,现在成了我的职业。"我又在纸上写下一句话:"你创作的源泉来源于哪里?"王千金在电脑屏幕上回答道:"我创作源自心灵,因为我在用心写作。"

王千金的爸爸是一个热情开朗的人,他告诉我,王千金正在创作一部新的小说,叫《同人文》,她常常要忙到深更半夜。他和王千金的妈妈每晚都要守候在女儿身旁,女儿写到什么时候,他们就什么时候睡觉,凌晨两三点睡觉是常事。王千金写作时喜欢开着电脑里,循环播放一首歌。边写小说,边听音乐,是她长年形成的一个习惯。王千金的妈妈告诉我,生王千金的时候,发生了一些意外,导致她成了一个脑瘫的孩子。一开始,医生劝她将孩子处理掉,说这孩子将来会残疾,即使能够长大也会拖累父母,但孩子毕竟是自己的亲骨肉,我们舍不得,所以就没有去签字。王千金稍大一点

的时候,头却竖不起来,和同龄的孩子有一定的差异。日子
一天天过去,随着王千金逐渐地长大,身体的残疾越发显现:
无法站立,双手不受控制,口齿不清,无法用言语和他人交
流。王千金属于重度残疾,完全没有劳动能力和生活自理能
力。吃饭、穿衣、上厕所、上下床、洗澡等均需要别人帮助。
王千金小的时候很漂亮,也很懂事,为了尽量少麻烦家人,就
连每天上厕所都是早、晚各一次。王千金成长的过程中,妈
妈为她付出了许多许多,平时的日常家务由妈妈一手操办,
妈妈对王千金的衣食起居更是事无巨细、亲力亲为。王千金
很爱干净,每天都要洗澡,换上干净衣服,才去睡觉。有一次
洗澡,王千金的妈妈抱着她,一不小心,两人一起滑倒在卫生
间的地面上,好长时间都无法站起来。最后,妈妈忍着疼痛
把她抱了起来。王千金的手时常不由自主地乱挥舞,妈妈的
头发不知道被抓了多少次。有一次,王千金的手指甲将她妈
妈的胸口划伤,妈妈的胸口上留下一道又深又长的血痕。几
年后,伤疤还依稀可见。爸妈养育她的过程是这样的辛苦,
王千金心中无比感动。王千金的爸爸告诉我,王千金很小的
时候,他们就让她哥哥照顾她。哥哥上网玩游戏,旁边就放
上一张凳子,她就坐在她哥哥旁边不停地看,时间一长,王千
金也就看出了一些上网的诀窍和方法。哥哥休息了,王千金
就悄悄地玩起了电脑,手不能动,自己就尝试着用嘴唇去触
碰电脑键盘。后来,她居然把电脑玩得很顺溜,自己能玩游
戏、听歌、看电影,甚至上网聊天。为了识字,王千金开始看
《看图识字》等儿童书籍,并向哥哥学拼音。她渐渐迷恋上看
电视剧,看着电视屏幕上的字幕,再结合剧中人物的对话,她
竟然认识的字越来越多了。看日本、韩国电视连续剧多了,
她竟然学会了基本的日语和韩语。

三

　　网络小说看得多了，王千金不仅喜欢上了小说中的人物，自己也有了写文章的冲动。以前自己总在读别人写的小说，现在，她要将脑海中的故事描述出来，与别人分享。然而，她上臂不能动，怎样打字呢？好在过去上网看电视剧与读小说时，学会了用嘴唇"敲"击键盘，于是她尝试用嘴唇"敲"字。

　　用电脑写作，似乎成了王千金排解内心苦闷和压力的一种方式，也慢慢地成了她的兴趣和爱好。有一天，王千金告诉爸爸，说有一家网站要找她签约，愿意出 4000 元买她创作的一部小说。她爸爸挺纳闷的："我们一开始以为千金在和我开玩笑，或者是网上设下的一个骗局，因为我们觉得这件事情简直不可思议。在家人眼中，王千金是一个仅仅能够维持自身生存、什么也不会做的残疾孩子，她连字都不认识，谈什么写小说？"后来，王千金的爸爸和一个懂得网络知识的朋友谈起此事，这位朋友也感到蹊跷。经过调查，他们吃了一惊，那家网站是正规的文学网站，他们的确要购买王千金小说的版权，合同都写好了，就要寄给王千金签字。她爸爸恍然大悟，原来是一位北京的大学生在"小说阅读网"看到王千金的小说，感到钦佩，就在 QQ 中留言，建议她与网站签约。出于关心和好奇，王千金的爸爸开始阅读女儿的小说，也向女儿了解创作的全过程。一了解，让他目瞪口呆，自己的女儿不仅会用电脑写作，她还懂得基本的日语和韩语！

　　16 岁那一年，凝聚着王千金心血的一部十几万字的小说写成后，却在电脑维修时全部丢失了。为此，王千金禁不住失声痛哭,整整一年,她伤心得无法再进行创作。久而久之,她的心情才渐渐平静下来,也再度燃起创作之火。《拽公主的霸道太子爷》在北京"小说阅读网"上陆续被登载。王千金很快红遍网络,成为倍受关注的公众人物。《拽公主的霸道太子爷》讲述的是"拽公主"与王子、骑士的爱情故事,小说语言轻松,人物对话俏皮,故事情节曲折生动,颇类似动漫作品,带着浓浓的童话色彩,受到了无数90后网友的好评和追捧。

"镇江的海伦·凯勒"王千金(中)接受央视主持人张越(左)采访

2011年,王千金当选为镇江市第四届"大爱之星"。在颁奖现场,中央电视台著名节目主持人张越现场采访了王千金,称她是"镇江的海伦·凯勒"。SBS电视台是韩国三大电视台之一,有一档播报全球奇闻逸事的栏目,他们了解到王千金的感人事迹后,深受感动。SBS电视台驻北京办事处的记者,几经周折联系上了王千金一家,并对王千金一家人进行了电话采访。

王千金在《折翼天使的故事》一文中写道："儿时的我想当一名医生,那时并不知道这个梦想是遥不可及的。长大以后,我才明白我和别人不同,生活不能自理,手脚都不听使唤。2011年5月6日,成为网络签约作家后,我认识到有缺陷是因为上帝太偏爱我们这些苹果,所以咬了很大一口。虽然他给我关上了一扇门,但他没有忘记给我开启一扇窗。虽然我没有上过学,但我可以付出比别人多几亿倍的努力。所以我每天都要工作到凌晨两三点钟,来实现当一名作家的梦想。"王千金的爸爸介绍说,女儿的理想是想通过自己"写字"拥有一间属于自己的创作室,她还要通过自己的努力,报答父母的养育之恩,让父母过上幸福的生活。"我问千金,你哪有那么多东西要写? 她指着肚子说,东西全在这里,要多少有多少。"王千金的爸爸大笑起来。

谈到未来,王千金用电脑屏幕上的一行行字回答:将来要写一本自传,写写自己的故事,初步定名为《王千金自传》。我会坚定继续写作的信念,实现自己的理想,成为像琼瑶阿姨一样的作家。

原稿最初发表于《镇江残联》2013 年第 6 期(总第 18 期)

拐杖架出闪光的青春
——记江苏大学残疾人大学生王峰

江苏大学残疾人大学生王峰

　　一副旧拐杖,撑起他肢残的身体;一辆三轮车,载着他行驶在校园;一架照相机,摄下他拼搏自强的身影……他的名字叫王峰,一个脑瘫青年,至今无法站立和行走,写字也十分困难,然而他凭借顽强的毅力,战胜困难,在 2013 年江苏省高考中,以 338 分、双 A + 的分数考取了江苏大学会计专业,成为该校的一名大学生。他的传奇故事感染着江苏大学的莘莘学子。

一

　　一个冬日的下午,我走进江苏大学,走近王峰,用笔和镜头记录下他的大学生活。

初见王峰,握手的一瞬间,我似乎明白了这样的事实:"天道酬勤""只要功夫深,铁杵磨成针"。面前的这位小伙子,脸上挂着淳朴的微笑,衣服上别着一枚"江苏大学"的校徽,一米七的个头,体形却显得单薄,倾斜的身体向前挪动,仿佛随时都可能跌倒。他需要依靠着拐杖,才能慢慢行走!正是腋下的这副拐杖,记录着这个残疾大学生不平凡的人生经历。

从小学到高中,王峰一直想实现自己的大学梦。12 年的光阴,弹指一挥间,王峰进入了渴望已久的象牙塔,迈出了人生精彩绝伦的一大步。睁大眼睛看世界的他,知道了自己求学的艰辛,深深懂得在人生道路上,奋斗比机遇更重要。他奋斗到今天,极为不容易,所以,他倍加珍惜,坚强面对,积极适应新的环境,锻炼自己。

"纵然是身体残疾也不会抱怨命运的安排,不接受和渴求他人的怜悯。要凭着自我坚强的毅力到达理想的彼岸……"王峰用海伦·凯勒的话作为开场白,讲述着他曲折的人生经历。我瞪大了眼睛,注视着眼前这个大男孩,不禁感慨他的内心是何等的坚强啊!王峰敢于直面缺陷、直面人生,始终保持着昂扬的生命力和强烈的求知欲望。是什么支撑着他战胜病残?他又有着怎样的人生经历?

二

王峰陪读的妈妈孔伯兰告诉我,他们来自泰兴市根思乡老叶村。1994 年,王峰出生了。一个新生命的降生给家庭带来了幸福和欢笑。然而王峰出生后的第二年,细心的孔伯兰发现同村同龄的孩子都会自己走路了,然而自家的孩子却还不会爬，便急忙把孩子送到医院去检查，王峰被医生诊断患有"先天性脑瘫"。这个消息犹如晴天霹雳，一下子改变了这个家庭的生活轨迹，父母带着王峰到上海、南京的各大医院问诊，自此走上了漫长的求医之路。医生说："孩子的病，目前还没有治愈的方法。"但一家人没有放弃让王峰康复的努力，哪怕只有一线希望。

到了该上小学的年龄了，王峰仍然不能正常行走，每天的生活都要依靠孔伯兰来照顾。"孩子就是行动不方便，人既不呆又不傻，做爸妈的一定要尽力培养他。"淳朴的孔伯兰夫妇决心帮助王峰，让他能像健全孩子一样上学。因为，他们深深懂得：读书也许能够改变这个残疾孩子的人生。于是，孔伯兰夫妇一直坚持着，不愿放弃。

爸妈的执着，让王峰一次又一次度过了人生的困境。"我上学啦！我上学啦！"孔伯兰推着车，送王峰去上学，他在村口逢人就高兴地喊。进入小学，那是一个新的开始，因为他入学比较晚，与小伙伴们在一起上学，让王峰感到新鲜。然而，每个课间，同学们跑出了教室，王峰大多数时间都会在教室里，他做得最多的事是写字和看书。

谈到过去，王峰对我说："那时，我跌倒了，总是自己挣扎着爬起来。"与残疾做斗争的经历，使他养成了从小就不服输的坚韧性格。脑瘫是一种顽固性神经系统疾病，王峰不但站立行走很困难，双手也不灵活，其他同学顺利地学会了写字和画画，然而对他来说，写字和画画却是颇为困难的事情。父母和老师的鼓励，增加了他战胜困难的勇气。他一直在心里默默地对自己说："要坚持！我是完全可以做到的！"到小学二年级时，王峰终于克服了书写困难，能够把字写得工整、一笔一画的了，有了很大进步。

王峰对我说，他的爸爸王新龙是个木匠，一直在外打工，妈妈则没有工作。上中学时，孔伯兰就在学校附近租了一间房子长年陪读。王峰吃饭穿衣、读书写字，都只能用左手。上高三时，王峰每天早上六点半就赶到学校，晚上 10 点多钟下晚自习，回家后还要看书，常常忙到 12 点钟。长时间伏案使得王峰手脚疼痛。"他就是喜欢读书学习，上学从来不迟到，放学了，他走得最迟。"孔伯兰说。

和其他同学相比，王峰写字的速度有些慢，考试的时候，他基本上没有过多的时间再回头去检查，因此他必须保证做出的题目有较高的正确率。王峰说，2013 年高考期间，他的手脚疼痛得十分厉害，但他一直坚持着，并且以优异的成绩考取了江苏大学。

三

从小学到中学，王峰的妈妈孔伯兰一直全心全意地照顾着他。家庭的重担和王峰的医药费全落在了爸爸王新龙的肩上。王新龙用他的手艺奔波在养家糊口的路上，一年又一年，风雨无阻，孔伯兰则搀扶着王峰穿行在学校和家之间。课间休息时，王峰的妈妈都要去教室看他一次。父母艰苦的付出变为王峰奋斗的动力，他特别珍惜这来之不易的学习机会，克服身体的不适状况，发奋读书。他的成绩在全班总是名列前茅，并多次被评为"三好学生"。在求学的生涯里，王峰乐观开朗、自信自强的精神也感染着身边每一个人。上中学时，王峰的身体开始发育了，渐渐长高了。同学们轮流背他上下楼梯，搀扶着他上厕所。老师们的悉心教导、同学们的主动帮助，呵护着王峰的成长。王峰感受到了社会大家庭的温暖,这也增强了他的自信心。他坚信,通过努力,一定能够改变自己的命运。王峰说:"我一直都非常努力,就是想证明一下自己,虽然没有一个健全的身体,但学习上并不比别人差。"王峰学习很用功,许多要求背诵的语文课文他总是全班第一个背过。回家后,作业没做完时,他连饭都不去吃。

王峰高中的班主任有个同学叫黄云。一次偶然的机会,班主任和黄云谈起班上有一个自强不息的残疾人学生叫王峰,是一个品学兼优的好孩子。黄云一直在泰兴自主创业,经营状况较好。她了解到王峰家庭贫困的状况后,心里沉甸甸的,决定资助他。高考前夕,黄云经常来看他,王峰透过窗子,悄悄地看着黄阿姨,一股暖流在心中涌动,他继续伏案读书,并暗下决心,一定要考出好成绩,不辜负所有帮助过他的人。

2013年的9月,王峰要去江苏大学报到了,全家人都兴奋不已。黄云亲自开着车带着王峰和他的爸爸、妈妈、姐姐,又另外派一辆车专门装行李,从泰兴一路朝镇江赶来。上车前,泰兴市残疾人康复中心得知王峰上大学的消息,也匆匆赶来,赠送给王峰一套锻炼腿部功能的康复器材,让黄云一并送到江苏大学。

王峰的残疾程度较重,独自一人上大学困难重重,需要有人陪读,照顾生活。王峰入学前,王新龙就曾到江苏大学财经学院找学院领导讲述了孩子的残疾情况。学院高度重视,考虑给予帮助,安排王峰住进了一楼的青年教师单间宿舍。宿舍30多平方米,可以摆放两张床、一张书桌,有厨房和独立卫生间。王峰一家人感到非常满意。

让王峰感到惊喜的是,他宿舍的对门住着财经学院的另一名"脑瘫"大学生涂径,会计专业的大三学生。江大财经学院这样安排的目的,就是为了方便两人的交流,希望涂径这位优秀的残疾大学生学长，对王峰的大学生活多一些指导和帮助。王峰把涂径视作自己最好的朋友，他很佩服涂径，也很认同涂径的人生观、价值观——一个人活在这个世界上，就应该给社会多创造一些财富，而不是碌碌无为地苟活着。

王峰说，他喜欢读历史类书籍。历史上许多残疾名人的励志故事，极大地激励着这个大男孩。他深深地懂得，只有不懈的努力，才能取得学业成功，应该从书籍中汲取丰富的营养。他更加如饥似渴地学习了。王峰还是一位体育爱好者，他喜欢看美国职业篮球比赛，凭借着自己对篮球比赛的独到理解，他与同学们谈及詹姆斯和罗斯，同学们都惊诧不已，向他投来赞许的目光。王峰说，高中时一直忙于功课，疏忽了锻炼身体，让他颇感担心的是自己的残疾程度或许已经加深。现在，王峰每天只要一有空闲，就会自己坐在床上，在康复器材器上做脚踏锻炼。

王峰的妈妈买了辆三轮车，载着他辗转于宿舍与课堂之间。王峰上课去了，孔伯兰就在江苏大学周边转悠，找点活计挣点钱，补贴一下家用。王峰没有助学贷款，一学期的学费和住宿费加起来也要好几千元钱，一家人需要东拼西凑。王峰的辅导员陈老师说，王峰的课程原都已安排妥当，有些课要在高楼层上的，经过与学校教务部门协调，尽量把课调到一楼来上，目的只有一个，就是为了方便王峰上课。

王峰说："怀着对知识的渴望，他选择了财会专业，在大学里，进一步充实自己的专业知识，以便今后能够找到一份适合自己的工作，在力所能及的范围内，回报社会。"

原稿最初发表于《镇江残联》2013年第6期（总第18期）

针夺天工

——记镇江正则绣工艺美术师陈娇娜

　　迈进陈娇娜那间小小的工作室,我的心灵被震撼了! 一间不算大的房间里摆满了画框、绣架,这哪像是她的工艺创作室,准确地说是一间正则绣作品的文化展室。墙上、角落、桌边,随处可见她创作的正则绣作品,绣作针法细腻、色彩典雅,冲击着我的视觉……而我要采访的故事主人公陈娇娜,正坐在窗边长长的绣架边上,专心致志地绣着一幅名叫《乌撒古风》的正则绣作品。小小的绣针,游走于布面之间;灵巧

镇江正则绣工艺美术师陈娇娜正在创作

的双手,犹如彩蝶上下翻飞。在她的手下,一位包扎头巾、精神矍铄的彝族老人绣品形象跃然于布面之上,栩栩如生、生动传神。我不禁驻足观赏,心中暗自称奇。而陈娇娜的宁静写在脸颊上,卷曲的发束缠绕在头顶,她不经意地环顾四周,显得端庄、优雅,目光中充满着坚定和自信……闲暇之余,我铺纸展笔,用笔谈的方式,对这位颇有名气的正则绣工艺美术师进行"访谈"。

一

陈娇娜,1986年9月出生在江苏丹阳一个工程师家庭。小的时候,她活泼、伶俐,七个月大的时候就会喊"爸爸、妈妈",九个月大时开始牙牙学语。然而不幸的是,她十个月大的时候,因为一次严重的感冒,在医院就诊后连续几天注射了链霉素,同时吃了大量的药,导致她双耳慢慢地失去了听力。记得上幼儿园时,陈娇娜最高兴的事情就是画画,虽然听不见,但眼里的世界却是五彩斑斓的。她常常在自己家的院墙上画图画,通过涂出的色彩,表现出她内心绚丽多彩的颜色世界。1994年9月,陈娇娜就读于丹阳界牌小学,性格开朗的她特别喜欢上美术课。陈娇娜写道:"我那时特别喜欢一个人趴在桌上画画。"然而,陈娇娜生活在近乎无声的世界里,默默地承受着痛苦。她无法听课,无法完成自己的功课,四年之中她两度重读,遍尝学业上的辛酸与苦楚,但她一直和命运在抗争着!也许正是这样,陈娇娜才趴在桌上一刻不停地画啊,写啊,以排解自己心中的伤心与痛苦。她一直是学校美术课最优秀的学生。1998年8月,陈娇娜的父母送她到丹阳特殊教育学校读书,在那里,一切重新开始,她渐渐地学会了手语,弄懂了所学的功课,慢慢地对生活产生了信心,对未来充满了希望!九年特殊教育的学业中,陈娇娜接受到了正规的美术训练,她从学习素描开始,学习油画和中国画。陈娇娜听课时特别认真,目不转睛地盯着老师,从美术老师用手语不能完全表达的授课内容中去揣摩绘画艺术的真谛,了解所学。每天下午一放学,她便迅速吃完晚饭,背上画夹直奔画室。在那里,她如饥似渴地阅读着各类美术基础知识读物和理论书籍,临摹古今中外的名家名作,这成为她生活的全部和精神的寄托。在以后的日子里,陈娇娜积极投身于大自然之中,进行写生创作。

17 岁那年,学校开设了一门功课,叫"正则绣"。正则绣是我国著名美术家、教育家吕凤子先生创造和确立的一种新的美术品种,是省级非物质文化遗产的项目之一,是纯正的丹阳地方原创文化。正则绣色彩斑斓的线条引发了陈娇娜对刺绣艺术的好奇心,可她又觉得刺绣需要慢工出细活,没有泼墨绘画那样酣畅淋漓。经过老师的指导,她才明白起源于丹阳的正则绣虽然是绣,其实就是画画,正则绣无非是用针和线来作"画"。陈娇娜庆幸,多年学习绘画打下的深厚功底现在终于派上了用途,她要进行新的艺术尝试!2007 年,陈娇娜从丹阳特殊教育学校毕业后,服从校方的安排,放弃了高考,留校从事正则绣教学。几年来,她一边教学,一边进行正则绣作品的创作,表现出她在正则绣创作上的天赋和刻苦精神。

二

为了更好地传承正则绣优秀文化,让民间艺术在新一代手中传承下去,并让更多的人对其加以研究、继承和发扬光

镇江正则绣工艺大师吕存(右)正在指导弟子创作

大,2008年,吕凤子先生的嫡孙——正则绣第三代传人吕存在江苏全省精心挑选优秀刺绣选手,预备参加全国职业技能竞赛。吕大师来到丹阳特殊教育学校,当他看到陈娇娜充满灵气的正则绣作品时,觉得她是可造之才。而陈娇娜也一直在寻找这位艺术大师,一心想当面向他寻求指导。机缘是如此的巧合,当这一天真的来到时,陈娇娜激动不已,她想当面拜吕存为师。令她意想不到的是,吕大师竟然爽快地答应了。吕大师定期来到丹阳特殊教育学校,单个辅导,手把手教,不厌其烦地传授给她正则绣的针法绝活。在吕大师的熏陶之下,陈娇娜更加热爱正则绣艺术。在丹阳特殊教育学校,有一间十多个平方米的小房子,这是陈娇娜的宿舍。夜深人静时,一盏孤灯常明,陈娇娜独自在绣架上刺绣。她不分白天与黑夜地进行着刺绣,倾注了几乎所有的精力,完全到了痴迷的程度。她临摹了吕大师创作的一批又一批作品，一发而不可收。为了更好地提高自身的美术素养，她阅读了哲学、美学、文学、诗词等方面的书籍，临摹明清书画，陶醉在中国文化艺术的氛围之中。她要针夺天工，用手中的绣针表达内心对艺术的感悟和理解。"创作正则绣作品时，虽然我听不见，但靠的是心里的感觉！"

在那段难忘的岁月里，陈娇娜用手中的绣花针绣出了一段充实的生活，绣出了一个辉煌经历。2009 年 9 月，在镇江市第四届残疾人职业技能比赛中，陈娇娜荣获刺绣项目比赛一等奖。又经过两个月的潜心训练，2009 年 11 月，在江苏省刺绣高手如林的比拼中，陈娇娜荣获刺绣项目比赛第二名，并取得了参加 2011 年 6 月在南京举行的第四届全国残疾人职业技能竞赛的资格。

正当陈娇娜取得令人瞩目的成绩、准备放飞梦想翅膀的时候，她的父母却不赞成她当"绣娘"，他们认为刺绣是个很辛苦的职业，要她放弃，到她叔叔在丹阳开办的一家电器制造厂上班。爸爸态度十分坚决，使得深爱正则绣艺术的陈娇娜一时陷入精神崩溃的边缘，她感到痛苦却又孤立无援！在陈娇娜艰难无助的时候，吕大师又一次向她伸出了援助之手，他不断开导陈娇娜要坚持下去，不要放弃。吕大师几番与她的家人苦口婆心地沟通，终于说服了她的父母，陈娇娜得以继续学习她所钟爱的正则绣艺术。为了让陈娇娜了解苏绣并吸收苏绣中的优秀技法，吕大师送她到苏州中国刺绣艺术大师薛金娣家中学习传统刺绣手工艺制作，全面掌握更多种刺绣技法。在纸上写着，陈娇娜的右手微微颤抖，眼中闪烁着激动的泪花，表达着对吕大师的感激之情。

陈娇娜没有辜负吕大师的殷切希望。2011 年 6 月，第四届全国残疾人职业技能竞赛在南京举行,刺绣师云集于此。陈娇娜发挥出色,获得了工艺美术类的刺绣项目比赛第二名,为江苏的残疾人代表队增光添彩,并代表中国赴韩国参加第八届国际残疾人休闲与生活技能竞赛刺绣项目的比赛。2012 年 5 月,在南京举行的江苏省书画工艺美术展览中,陈娇娜的正则绣作品《凝眸》被评为第一名,她也受到了省委书记罗志军等省领导的亲切接见。

　　陈娇娜在吕存正则绣传习所中创作的大型正则绣作品《乌撒古风》,技法更趋完美,艺术日臻成熟。现在,陈娇娜已成为丹阳正则绣的新一代的代表人物、一颗闪亮的艺术新星,也成为古城镇江的一张文化名片。

陈娇娜正则绣作品《乌撒古风》

　　从 20 世纪 90 年代末开始,陈娇娜的正则绣作品照片陆陆续续散见于《中国书画报》《中国青年报》《吕凤子研究文集》《女友家园》等全国各种报刊上。2003年,她的正则绣作品《秋菊》荣获江苏省美术作品一等奖;2005年,烙铁画作品《乡村木屋》荣获全国中小学优秀美术书法摄影作品大赛铜奖,同年她被评为"江苏省自强不息好少年";2007年,她的乱针绣作品在全国优秀美术书法摄影作品大赛活动中成绩突出,荣获特等奖;2009年,她在江苏省残疾人职业技能竞赛中荣获刺绣组银奖,被誉为"江苏省残疾人职业技术能手";2011年,在第四届全国残疾人职业技能竞赛中荣获刺绣银奖,并代表中国赴韩国参加了国际比赛;2012年,她的正则绣作品《凝眸》先后荣获江苏省文化厅和江苏省残联主办的"创之美"全省残疾人书画暨工艺品展览金奖、"江苏省工艺美术精品博览会"铜奖、"中国工艺美术精品博览会"金奖。

在刺绣艺术发展史的进程中,文人们的积极参与,刺绣艺术与书法、绘画、诗词艺术的结合更为紧密,使刺绣工艺品的观赏性日益增强。从事刺绣艺术的工艺美术师不仅要不断提高自身素质和修养,而且要丰富自身刺绣作品的内涵。陈娇娜的正则绣作品风格鲜明而典型。现在她正在积极学习,努力创作,争取为镇江的文化事业发展再添上浓墨重彩的一笔。

原稿最初发表于《镇江残联》2014年第2期(总第20期)

在舌尖上演绎励志人生
——记镇江残疾人烹饪名师李骏

　　在镇江市区的林隐路上有一家饭店,叫作"星海飞餐厅",餐厅的经理叫李骏,是一位戴着助听器的烹饪名师。2013年,他在全国残疾人岗位精英职业技能竞赛中,荣获中式烹调师烹饪大赛第二名,同时被授予"全国技术能手"称号。2014年1月,他自筹20万元资金办起了"星海飞餐厅",同时招聘十多名下岗职工在饭店就业。李骏用坚强的勇气和毅力,实现着一个残疾青年的人生价值,在舌尖上演绎着励志的人生传奇。

李骏(左一)在马来西亚乐天酒楼"悦上海"餐厅

一

推开星海飞餐厅的店堂大门，大厅宽敞而温馨。我在厨房间见到了这位镇江残疾人烹饪名师李骏。他头戴洁白的厨师帽，身穿牛仔裤，脚蹬帆布鞋，正在灶台前为客人烹饪一道道美食佳肴。面前的这位年轻人，红扑扑的脸上挂着淳朴的笑容，看起来似乎与他饭店"总经理"的头衔沾不上边。他虽然要借助于助听器才能听到我讲话，但在缓慢的交谈中，我感受到了他乐观开朗的个性，他的心中始终拥有灿烂的阳光，他也一直在用阳光般的心态去追梦！这位年仅36岁的小伙子，正积极打造镇江特色菜肴的品牌。谈到自己成功的经历时，他感慨地用唇语对我说："成功来源于诚信和创新！"

1978年8月，李骏出生于江苏镇江的一个归侨家庭。1957年，父亲从马来西亚回国，1976年与母亲结婚，1978年他出生了。小的时候，他活泼、可爱，七个月大时开始牙牙学语。然而不幸的是，八个月大的时候，因为一次严重的感冒，在医院就诊后连续注射了三针链霉素，导致他双耳慢慢地失去了听力。"幸福的家庭总是相似的，不幸的家庭各有各的不幸。"李骏那段曲折的经历，似乎印证了这句名言。他的父母带着他到上海第一、第三医院，以及第九医院、新华医院、长海医院、耳鼻喉科医院等九所医院就医。但医生说，李骏是药物中毒引起的神经性耳聋，根本就无法治愈，但一家人一直不愿放弃。后来，李骏被带到南京军区总医院、江苏省中医院治疗，但都收效甚微。记得上幼儿园时，李骏感到最快乐的事情就是学舞蹈，虽听不见，但眼中五彩斑斓的世界，让他同样欣喜若狂！他跳啊，跳啊，以排解自己异于正常孩子的伤心与痛苦！到了上小学的年龄，父母为了让他能够与正常的孩子一起学习说话，与他们多交流、多沟通，1996年9月，李骏被送到太古山小学上学。然而，生活在无声世界里的他，只能默默地承受着失聪的痛苦。他无法听课，无法完成自己的作业，两年之中他两次重读，遍尝了求学的艰难。1998年9月，李骏的父母感到无奈，只能重新送他到镇江市聋哑学校读书。在那里，一切从头开始，他渐渐地学会了手语，弄懂了所学的功课，慢慢地对生活产生了信心，对未来也充满了希望！父亲经常带李骏到饭店吃饭。有一天，李骏在饭店里找父亲，无意跑进了厨房。他看到一位厨师手拿刻刀正在雕刻一根胡萝卜，他不禁停下脚步，好奇地站在旁边观看。几分钟后，厨师把这根小萝卜雕成了一只小鸟。李骏感到很新奇、很喜欢，他就悄悄地跟父亲说，他长大了也要当厨师。上到五年级时，李骏所在的班级开办了烹调兴趣学习班，他积极报名，一有空闲，就趴在桌上不停地雕啊，雕啊！

俗话说："技行天下。"李骏结合自己的情况，最终还是选择要当厨师。确定了自己的职业目标后，1992年，李骏考取了镇江市旅游学校，参加烹饪班学习。经过一年的学习，他在烹饪技术上大有长进。毕业那年，镇江市旅游学校就业指导中心的老师大力推荐他到京口饭店工作，从做学徒开始。李骏十分珍惜这个难得的学习机会，他每天总是早到晚走，晚上下班后大家都回去休息了，他却找来一块块边角余料反复练习刀功等厨艺基本功，一天下来，常常累得腰酸背疼。师傅见他既能吃苦又好学，特别喜欢他，手把手地传授他绝活。作为一名残疾人，他暗暗地下定决心："一定要好好掌握技术，成为生活的强者！"有一次，李骏不小心弄伤了手指，鲜血染红了砧板。他悄悄地跑到江滨医院缝了几针,回来后,强忍疼痛又走进厨房,继续学习厨艺!他跟着师傅学烹饪时特别认真,目不转睛地盯着师傅的一举一动,学会了配菜、冷菜制作、菜品刻花、炒菜等厨艺。由于李骏刻苦的磨炼和对工作的执着,2001 年,他参加了江苏省高级烹调师证书考试,取得了特三级厨师证书。

二

经过努力,李骏全面提高了自身的素质,掌握了过硬的厨艺技能。2002 年 10 月,经马来西亚的叔叔介绍,李骏只身来到风景如画的马来西亚沙捞越首府古晋,成为当地最著名的饭店"乐天酒楼"的一名主厨。"乐天酒楼"原有泰国餐厅、日本餐厅、香港餐厅,李骏的到来增加了一个叫作"悦上海"的餐厅,以上海菜、淮扬菜和特色点心为主打菜肴。但马来西亚顾客吃菜比较清淡,要少盐、少糖、少油,他及时向当地厨师请教,并结合当地的海鲜优势,把各种口味糅合到一起,逐渐练出了燕鲍翅、烧腊、炖盅等拿手的菜肴。李骏的加盟,让"悦上海"餐厅在古晋名声大噪。

到马来西亚工作之初,因为语言交流十分困难,李骏很少开口说话,他在马来西亚期间一度觉得苦闷。为了方便与同事沟通,他一方面勤练厨艺,一方面尝试着多开口讲话,最后终于能够熟练地跟别人对话了。五年后,合同到期,他回到国内,乐天酒楼老板又追到镇江请求他再为酒店服务一年。

从马来西亚归国后,李骏先后被扬中金樽会所和镇江碧榆园等酒店聘为大厨。2013 年,在全国残疾人岗位精英职业技能竞赛中,李骏经过层层选拔,最终荣获中式烹调师烹饪大赛第二名,并获得"全国技术能手"称号。

三

2014 年以来,身怀烹饪绝技的李骏信心十足,瞄准镇江餐饮市场,辞去了酒店的工作。他觉得自己具备开饭店的实力了,他要自己当老板。在林隐路上,他租下一间 200 多平方米的门面房,自筹资金 20 多万元,安排十多名员工就业,办起了"星海飞餐厅",开辟了一条自主创业之路。从饭店设备采购、店堂的装潢装修,到厨房餐具用品的

李 骏

批发进货,他都事必躬亲,点点滴滴地置办。都说开店容易守店难,一天 24 个小时守在店里的李骏,天刚蒙蒙亮,就一骨碌爬起来出去买菜,回来后就下厨房,炉火的光亮将他的身影映在厨房的墙壁上,犹如一幅红彤彤的剪影。黑夜里,他要忙到凌晨才关门打烊,最迟时要到夜里两点才睡觉。开业以来,他亲自下厨,汗水常湿透了衣衫,干了又湿,湿了又干。现在,他在镇江个体饭店的同行业中,经营颇具规模,生

意也颇为兴隆,但李骏深知"创业难,守业更难"的道理。他十分感慨地告诉我:"当老板和给别人打工完全不是一回事!"虽然一直在饭店上班,自己毕竟没有饭店经营管理的经验,并且还存在与其他厨师或员工语言交流上的困难,工作起来困难重重。中午和晚上是餐厅里的营业高峰期,客人们觥筹交错、人声鼎沸,令戴着助听器的李骏伤透脑筋:对顾客的要求,他往往听不清。李骏认为,这也许对他来说算是一种挑战。开餐厅,他只能摸着石头过河,目前他只想尽量把生意做好,早日把开餐厅的贷款还清。他为各个岗位制订了严格的规章制度,工作标准涉及无数细节。如服务员洒水拖地,怎样才能防止顾客滑倒;下雨天该如何做;顾客走时,服务员应提醒客人不遗留物品等。李骏在闲暇之中,不忘阅读《饭店营销技巧》《餐饮成本控制》等一些饭店经营管理类图书,他一直坚持学习,努力上进。

严格的饭店管理,建立在制度之上。员工们刚来上班时很不习惯,经过一周,他们逐渐明白,即使是端茶送水、扫地擦桌子这些看起来平淡无奇的打杂工作,其中都蕴含着人生哲理,都能够帮助人们真正实现自身的人生价值。李总作为一名残疾人,是一面镜子!他不畏困难,克服生理上的障碍,自强不息,身体力行,积极做一个对社会有用的人!他的事迹似乎说明,一个人应该怎样追求自身的人生价值,怎样最大化地实现自身的人生价值,怎样在端正人生价值观这个问题上多作思考。李骏的人生观、价值观,让员工们心里亮堂了!他的"勤奋工作,快乐生活"的理念,影响了一批又一批年轻人。

李骏一直在观察与分析星海飞餐厅推出的菜肴是否受到顾客的欢迎,好评在哪里,差评在哪里,顾客的回头率有多少……别的饭店的优点要学,自己饭店做得好的地方要维护。饭店要在竞争激烈的餐饮市场上占据优势,不断吸引顾客前来消费才是制胜法宝。青菜萝卜、鸡鸭鹅肉……要创出自己的特色菜肴,凸显出饭店的经营特色,才能让自己的餐饮企业在经营中立于不败之地。李骏烹饪水产类菜肴可谓一绝,烧龙虾,烧刀鱼、河豚,他多次为厨师们示范。现在,星海飞餐厅菜肴美味可口、经济实惠。到星海飞餐厅来消费的顾客不仅可以享受到精美可口的菜品,还能感受那里优雅的环境和热情的服务。

李骏对我说:"我常常忘了自己是一位残疾人。我要努力成为生活的强者! 我要积极地尝试,即使跌倒了,我也会勇敢地重新站起来!"

原稿最初发表于《镇江残联》2014 年第 3 期(总第21 期)

铁笔火墨绘丹青

——记镇江残疾人烙铁画艺人盛珏

常人以墨笔图画，我以烙铁妙笔生春。

——盛珏

一个阳光明媚的秋日午后，我踏着西津渡的青石板路面，来到沿街的"宝葫芦"烙铁画店，采访听障残疾人烙铁画艺人盛珏。迈进这间不大的烙铁画店内，我看到，店堂里随处可见烙铁画作品，琳琅满目的"宝葫芦烫画"，让人感到心旷神怡！有作品《毛主席向着黄河笑》，有青年、中年、老年的赛珍珠画像，有《古城镇江新貌图》，更有整张三合板烙成的气势磅礴的宋代名画《清明上河图》……细瞧那些曲直线条，自然流畅、遒劲有力。那古铜色的纹理具有质感，或粗犷豪放，或妩媚淡雅。画面充满着动感和激情，仿佛诠释着作者在静寂的世界之中迸发出的那份人生的精彩！

烙铁画店里显得格外安静。盛珏坐在花梨木椅子上，耳朵上戴着助听器，正在古色古香的窗棂前安静作画，桌边的台灯高立。他凝视着木板上描好的线条，烙铁握在手上，手腕灵活地弯曲着，在木板上勾勒线条，淡淡的轻烟消尽之后，呈现出的是一幅栩栩如生的图画。

一

盛珏，1955 年 7 月出生在江苏镇江一个教师家庭。小时候，由于患严重感冒，在医院就诊后连续注射了几天的链霉

镇江残疾人烙铁画艺人盛珏

素,因药物原因,导致他双耳慢慢地失去了听力。1962 年 9 月,盛珏到八叉巷小学上学。他特别喜欢上美术课,虽然听不清外界声音,但他眼中的世界却是五彩斑斓的,他常常一个人趴在桌上画画。他要通过涂出的色彩,表达他内心多姿多彩的颜色世界。十岁那年,他画了一幅"雷锋、王杰、焦裕禄"的英雄人物画,寄给了《小朋友》杂志社。没过多久,他的美术作品竟然在杂志上发表了,同学们争相传阅,这对于盛珏而言无疑是巨大的鼓舞! 他一直是学校美术课的尖子生,作品的发表使他对美术这门功课产生了更浓厚的兴趣。

　　1975 年,盛珏进入镇江半导体厂上班,成了一名操作工。后来,凭着扎实的绘画功底,他被调到工会从事宣传工作。他在厂里办黑板报并多次获奖,横溢的才华有了发挥的空间。在厂工会搞宣传的同时,他兼任图书管理员。厂工会图书馆藏有 5000 多册图书,盛珏在这里如饥似渴地研读哲学、美学、历史、文学、美术等方面的图书。丰富的知识开阔了他的眼界,拓宽了他的思路,为今后的创作打下了良好的基础。深夜,万籁俱寂,一盏明灯伴随着盛珏在桌上临摹画谱上的宋元明清花鸟画,他完全陶醉在中国文化的艺术氛围之中,他倾注了几乎所有的精力,画作达到惟妙惟肖的程度。后来,他开始创作花鸟工笔画作品。20 世纪 80 年代初,他的工笔画《百菊图》发表于《美术大观》上。

盛珏对艺术的追求,从不停步,创作花鸟工笔画之余,尝试过喷画、版画、木刻等,他的美术水平在不断地提高!

二

沙清泉,木刻艺术创始人之一,是我国现当代著名版画家,祖籍镇江。20 世纪 30 年代中期,鲁迅在上海倡导新兴的木刻版画运动,沙清泉弃医从文,积极参与其中,成了中国新兴木刻版画运动的推行者和实践者。1991 年 10 月,江苏版画家协会、丹徒县文学艺术界联合会、镇江市美术家协会联合主办的"沙清泉版画展",在镇江市工人文化宫开幕。75岁高龄的沙老回到了他久别的故乡。盛珏慕名来到文化宫,当他见到沙老时,极为激动,羞涩地拿出自己的工笔花鸟画作品,请沙老指导。沙老仔细看了他的几幅作品,颇感惊讶,随后赞叹不已,觉得他的作品艺术底蕴深厚。沙老称他为"同学",临别时书写了一幅"铁杵成针"的字勉励他,对这位后生寄予了殷殷厚望。1991 年,可谓是盛珏人生的转折点,他零距离地接受了大师的艺术熏陶,决心把自己的全部精力奉献给他所热爱的美术事业!

1992年,盛珏所在的镇江半导体器件厂由于亏损,经济效益下降,企业改制,他下岗了。那时,孩子还在上小学,为了生存,他到处打工,曾做过广告灯箱、机械维修等工作。在艰难的生存中,他仍然坚持着自己的业余爱好,锲而不舍,孜孜以求!

1998年的一天,盛珏无意中发现,家中的电烙铁在木板上烙下一道痕迹。他忽然想起在某本书上曾介绍过的民间传统工艺——烙画,他对用烙铁画画产生了兴趣,决定自己尝试一下。他买来了一些木板,在拥挤的家中开始摸索起来。刚开始时,他只能用电烙铁在木板上烙出一些简单的线条,经过三四个月的琢磨,才逐渐掌握了一些技巧。盛珏每晚都要烙上四五个小时才肯放下电烙铁。"用电烙铁作画要掌握好温度、力度和速度,凭借烫出的深浅不一的焦痕来表现立体感。"苦练了大半年,他终于能够娴熟地在木板上烙出山水、花鸟等图案。他有时把儿子动漫书上的图画也临摹到木板上,再烙成美图,儿子喜欢得不得了,将这些烙铁画挂在自己的书房里欣赏。他身边一大帮朋友看到他的烙铁画,隔三岔五地就要上门欣赏他的作品。他也毫不吝惜,将自己的得意之作,作为礼物送给乔迁新居的好朋友。

五年里,盛珏用坏了20多只电烙铁。为了"淘"到合适的电烙铁,他寻遍了镇江市区大大小小几乎所有的家电维修店。有一次,他在招商市场内买到了能够更换烙头的电烙铁,为此高兴了好几天!

已经能够熟练地在木板上烙风景画的盛珏,开始尝试木板人物烙画创作。初次烙人物木版画时,细节的刻画并不容易掌握,总在一个平面,没有立体感。他毫不气馁,经过反复实践、大胆尝试,改用不同瓦数的烙铁来表现不同层次的肌理。经过摸索,他融合西洋写实画与素描的技法,让点、线、面结合起来。起稿后,用电烙铁勾勒出线条,再烙出作品,达到素描写实画一样的效果。盛珏有着深厚的绘画基础,他在木板上烙了一张自画像,果真具有素描画效果,画面生动逼真!

盛珏说,一般的山水烙画,只要具有美术基本功就可以烙了,烙画时可凭着感觉,自由发挥,烙出的画往往气韵生动、线条流畅。在木板上临摹名画或人物画,就不同了,创作前一定要先定稿,先在木板上用铅笔描摹,确定大致的形象面貌。在店堂中,我看到他的《清明上河图》烙画,就是先用铅笔打样稿后再进行创作的。烙画的《清明上河图》场面恢宏,人物、牲畜、房屋、树、桥梁、船只等都生动写实,体现了《清明上河图》原画的精髓。真是功夫不负有心人!现在,他的烙铁画已广泛受到古城人民的欢迎和喜爱,特别是他近期创作的烙铁画作品,十分抢手,受到国内外市场的青睐。

三

从20世纪90年代起,盛珏的烙画作品陆陆续续发表在全国各大报刊上,散见于《新华日报》《扬子晚报》《镇江日报》《京江晚报》等。现在,西祠胡同、金山网、梦溪论坛等各大网站经常更新他上传的烙画新作。

2004年8月,"盛珏·烙铁画展"首次在镇江民间文化艺术馆举办,受到镇江市民的欢迎与好评。在邓小平同志

100 周年诞辰之际,他绘制的烙铁画《邓小平画像》,被镇江民间文化艺术馆收藏。

2005 年,他创作了《古城镇江新貌》(8 米长)、《清明上河图》(10 米长)、张大千《长江万里图》(6 米长)、镇江民间文化《白蛇传》(10 米长)、人物《百年巴金》《赛珍珠》等烙铁画。

2006 年,他为镇江赛珍珠研究会创作了诺贝尔文学奖获得者赛珍珠少年时期、中年时期、老年时期的烙铁画三幅作品,另外创作了同类三幅作品赠送美国赛珍珠国际基金会,并在美国坦佩市和费城展出。

2007 年,他参加了"和谐中华·迎奥运"书画艺术展,作品被奥委会艺术展览馆收藏。

2008 年,他自主创业,在西津渡历史文化街首创"烙铁画工作室",受到了镇江市委、市政府相关领导的大力支持和关注。同年,他独创了彩绘烙铁画《杏园雅集图》和《西方极乐世界依正庄严图》。为了迎接世博会在上海召开,他特烙制了《三国人物绣像》50 幅。

2009 年,他参加"旅游工艺品创意设计赛",获优秀奖;参加"西津渡中国南北民间绝技·江苏省民间工艺品作品展""庆祝中华人民共和国成立 60 周年优秀美术作品展",获优秀奖。

2010 年,他创作的《荷花图》获江苏省反腐倡廉美术作品展优秀奖。

2011 年,他获得"镇江市非物质文化遗产——烙铁画传承人"称号。

2012 年,他的烙铁画工艺葫芦获镇江市残疾人书画摄影暨工艺品展一等奖。

　　2012 年,他参加"恒顺"杯镇江旅游工艺品大奖赛,获得两项优秀奖。

　　2013 年,他成为"万科·镇能量""十年一刻"代言人。

　　烙画在中国有着悠久的历史和深厚的文化底蕴,西汉以来,一直以手工作坊的形式存在于民间艺人手中。这种艺术形式既可古今交融,又可中西结合,表现手法可抒张写意,亦可精雕细刻,其历史之久、画色之美,实为中华之绝! 作为古城民间工艺美术的一个重要组成部分,盛珏的烙铁画在异彩纷呈的镇江民间艺术世界中大放光彩。盛珏说,作为一位民间烙画艺人,他的愿望就是弘扬中华文化,多出好作品,使烙画这一民族艺术瑰宝能够传承下去,并得以发扬光大。

　　原稿最初发表于《镇江残联》2014 年第 4 期(总第 22 期)

二

爱心篇

镇江市副市长胡宗元（左三）陪同中国残联副理事长孙先德（左二）等领导调研镇江市文化助残工作

镇江市副市长胡宗元（左一）陪同中国残联副理事长贾勇（左二）在镇江市残联实地调研

用青春铸造辉煌

——记全国"残疾人工作者先进个人"蔡世源

在镇江市残疾人康复中心,有着这样一位爱岗敬业、甘于奉献、勇于创新的党员干部,他就是蔡世源。对于残疾人工作,他始终怀着一颗炽热的心,将满腔激情投入工作,用青春铸造辉煌。

"急残疾人所急,想残疾人所想,脚踏实地,永不懈怠地为残疾人服务,是我们残疾人工作者的责任。"谈到残疾人工作时,蔡世源动情地说:"我会始终如一地把残疾人的工作当成事业,并且一直做下去!"

正是凭着对待残疾人事业的一片真心与热诚,蔡世源用真爱为残疾人撑起了一片蓝天。

镇江市残疾人康复中心主任蔡世源(左)介绍康复中心工作

那份爱，一直埋藏在他心里

蔡世源一直用实际行动诠释着对残疾人的爱。许多残疾人视他为"真正的朋友""我们的知心人"，而这份真情的付出，也成为受到他帮助的残疾儿童值得珍藏的记忆了。

"伤心时他会给我笑脸，让我感受到友爱和温情，我在这里快乐地度过风风雨雨的岁月……"对"小天使聋儿语训部"的孩子们来说，蔡叔叔一直是他们内心深处美好的回忆。

"平时，他总不忘来看望大家。他会把每个人的问题都记在心里，他会带给我们许多礼物……"孩子们稚嫩的童音，断断续续地说出了他们的心里话。

"组织化推进、项目化运作、一体化服务"，是蔡世源坚持的残疾儿童康复训练模式。他一直想办一所属于自己单位的聋儿语训基地。2010年上半年，他向浙江中医药大学聋儿康复研究所寻求技术支持，联办了"小天使聋儿语训部"。为了更好地提高训练质量，他带领语训部一帮人，研究出独特的教学模式，即以聋儿最大化康复为根本，从个别化教学、特色化教学、办好家长学校入手，全方位为聋儿康复服务。万事开头难，办学之初，困难重重。他一方面积极筹措资金，另一方面努力改善办学条件。新学期伊始，贫困生残疾儿童的建档工作就已经开始，他向上级争取办学经费，对六岁以下贫困残疾儿童免收住宿费和伙食费。他积极向省中心申请"人工耳蜗计划"，使部分贫困聋儿免费植入了人工耳蜗……康复中心也被确立为"镇江市慈善义工基地"。2011

年9月,康复中心为承担起镇江市及周边地区自闭症儿童的培训工作,创办了镇江市南徐培智园。

蔡世源把残疾儿童康复当作他自己宝贵的事业,他对残疾儿童无私的爱和对工作的执着,使他取得了骄人的业绩!

康复工作闪耀出个性的光芒

作为镇江市残疾人康复中心主任,蔡世源始终用科学的方法管理着这所医疗机构,用积极合作的精神带领好这个团队,用真诚的人格魅力去凝聚周围的人。他的工作得到了康复中心大多数同志的认可。在单位管理方面,他实行主任负责制、医务人员聘任制,将康复中心门诊部纳入基本社会医疗保险定点医疗机构,将一个单位打造得有声有色! 根据患者需要,他实行弹性工作制,对电话预约或中重症的患者实时延长治疗时间,实行错时服务的管理制

镇江市残疾人康复中心主任蔡世源(左一)陪同考察者参观盲人推拿门诊

度。这不仅满足了前来就医的众多患者的要求,也大大地提高了医生工作的积极性。"十一五"期间,康复中心门诊成为名副其实的盲人按摩培训基地,近百位盲人医生前来实习,他们掌握了医技,拓展了就业的广阔空间。盲人按摩诊所声名鹊起,成为镇江残联展示残疾人身残志坚、自强自立的一个舞台。

盲人诊所开办以来,对市政府规定的救助对象实行医疗费用减免措施,目前已使 100 多人受益。2011 年,盲人诊所治疗的患者达 5000 多人次。镇江残疾人康复中心连续三年被镇江市总工会评为"五一"文明单位。

"残疾人不需要单纯同情和怜悯,需要的是通过自己能力赢得社会的尊重和支持。"蔡世源这样诠释着残疾人工作的理念与目标。

坚实的足迹

"这里留给我开拓的工作空间还有很多!"蔡世源自信地说。"你超负荷工作,不感到劳累吗?"面对提问,蔡世源淡淡地笑了:"奉献并快乐着!"

蔡世源说:"踏踏实实地工作,我一直这样做!"他指着办公桌上台历上的几个字——"唯有使命! 让我不断地奋进!"

残疾人事业是绿色的事业、高尚的事业、人道的事业。几年来,蔡世源全身心地投入到工作中,默默地奉献着。他在兼任镇江市残疾人用品用具供应站站长期间,多方位地充实货源,尽可能满足残疾人对辅具的配置要求。为了提高残疾人的综合素质,丰富他们的精神生活,他联系镇江市残联五大专门协会,将俱乐部的各项文体活动开展得丰富多彩。他先后策划并组织了聋人书画展、聋人摄影作品展等公益活动,还开展了盲人电脑培训。他关注残疾人和残疾人事业的发展,配合镇江市残联开展好助残日、国际残疾人日等的各项社会活动。他积极投身到镇江市第三届残运会和江苏省第八届残运会运动员入选亚残运会的相关工作中去。镇江市残疾人综合服务中心大楼基建扫尾期间,他勤勤恳恳、任劳任怨,有时还驻扎在工地上,为市残疾人综合服务中心按期投入使用贡献着一分力量……

"宝剑锋从磨砺出,梅花香自苦寒来。"2011 年 11 月,蔡世源荣获"全国残疾人工作者先进个人"称号。当献花和掌声又一次向他涌来时,他并没有太多的兴奋,在奉献的征程上,他依然默默前行!

原稿最初发表于《镇江残联》2012 年第 1 期(总第7 期)

拼搏奉献写华章

——记镇江市残联副理事长赵斌

英国诗人拜伦曾说过这样一句经典的话："逆境、挫折和困难往往是通向成功的必经之路。不论遇到惊涛骇浪的灾难,或狂风暴雨的险阻,凡是可以安然渡过这些困难的人……都将是一种非常宝贵的体验。"镇江市残联副理事长赵斌用自强不息的信念诠释着这句至理名言。他走过的是一条曲折而艰辛的人生之路,每一次的成功,其背后都有着鲜为人知的付出和汗水。

几多磨难,挡不住世界冠军的梦想

1963 年 10 月,赵斌出生在山东龙口的一个干部家庭。六岁那年,机器轧去了他的双腿。尽管医生想尽一切办法挽救了他的生命,然而他的双腿却落下了终身残疾。多年以后,赵斌的母亲从图书馆里借来一本《钢铁是怎样炼成的》,这是一本苏联作家奥斯特洛夫斯基根据自己的亲身经历写成的书。赵斌如饥似渴地阅读起来,他懂得世界上没有天生的英雄,在逆境中生存下去,不仅需要勇气和毅力,还需要练就钢铁般的意志和高尚的品德。他的内心变得坚强起来,决心做一个身残志坚的人。高中毕业后,赵斌被分配到谏壁发电厂工作,成了工会俱乐部影剧院的一名电影放映员。有一次,他在报纸上看到我国残疾人运动员在第三届南太平洋地区伤残人运动会上顽强拼搏、永夺金牌的报道后,再也按捺不住激动的心情。他给国家体委、民政部写信"不做庸碌无为人，我也要为国争光"。国家体委、民政部的一封封回信给了他巨大的鼓舞。他利用业余时间，戴着硬邦邦的 8 公斤重假肢甩标枪、掷铁饼、推铅球、打乒乓。训练中，他一次次跌倒，又一次次爬了起来，有时截肢处血肉模糊、疼痛难挡，但他却以顽强的毅力练就了过硬的本领。在全国残疾人各类比赛上他共获得了 28 块金牌，在洲际比赛中共获 11 金 2 银 1 铜牌；在残奥会和世锦赛获 3 金 3 银 1 铜。他取得了辉煌的成绩！

镇江市残联副理事长赵斌（左）为镇江市残疾人（肢体）康复指导中心揭牌

庄严激越的国歌声中，鲜艳的五星红旗一次次升起在残疾人国际体育赛场上，挂在健儿赵斌胸前的金牌，闪烁着耀眼的光芒。争当世界冠军，为国争光，他实现了心中向往已久的一个个梦想。

甘于奉献，维护好残疾人的合法权利

1993 年 1 月，赵斌调至镇江残联以后，就一直与残疾人工作打交道。1994 年 10 月，他出任镇江残联副理事长。任职以来，他认真贯彻落实党对残疾人工作的各项方针、政策，认真履行工作职责，不断改进工作作风，切实提高工作效率，恪尽职守，甘于奉献，切实维护好残疾人的合法权利。

十多年来，赵斌情为残疾人所系，利为残疾人所谋，身体力行地为残疾人谋福利。他深入残疾群众中为他们办实事、解难题，许多残疾人朋友称他为"残疾兄弟姐妹的贴心人，困难残疾人的救助人！"

在镇江，残疾人车一度成了一些残疾人的谋生工具。残疾人车载客营运，为城市的交通带来了极大的安全隐患。2005 年 7 月，镇江市委、市政府针对"三小车"存在的问题，开展集中整治工作。残疾人车车主们一时难以理解，群情激奋，他们要到江苏省政府集体上访。赵斌得到这一消息以后，顾不上劳累和自身的残疾，亲赴残疾人集体上访的路上，面对面耐心细致地对他们做思想工作，答应最大限度地帮助他们安置就业，解决好他们的实际困难。赵斌积极耐心地对他们做了思想工作，残疾人车车主们当即表示不再继续上访。据了解，残疾人车车主们提出的困难和要求，后来都得到了解决。

赵斌作为江苏省第九届、第十届政协委员，认真履行政协委员责任，时刻关注残疾人的民生与需求。在江苏省政协全会期间，他就残疾人事业的发展积极献言献策。2008 年，他提交的《解决农村中度残疾人生活保障》提案，受到省政协委员们的广泛关注,并被评为江苏省政协委员最佳提案。
2010 年,他提交的《残疾人康复进医保》提案,也得到了很好
的落实。

镇江市残联副理事长赵斌为残疾孩子赠送学习用品

赵斌经常在百忙之中抽出时间,深入基层,走访慰问贫
困残疾人。他深入了解贫困残疾人家庭生活状况,鼓励他们
"自尊、自信、自立、自强",勇于战胜病痛与疾苦。2012 年
初,天气特别冷,赵斌了解到九华山麻风病院 12 名老人因病
痛与残疾,而行动不便,不能到镇江市区评残、领取残疾证。
1 月 10 日,他亲自带领市残联工作人员,顶风冒雪,来到九华
山麻风病院,亲自为 12 名残疾老人评残并发放残疾证,还为
他们送上新年慰问品,使他们能过上了一个安定祥和的
节日。

对于每一位残疾人来访者,赵斌都热情接待,尽力为他
们出主意、想办法。许多来访的残疾人都说他有一颗真诚的
心,从他身上感受到了亲人般的关爱和温暖。而每一次来访
的残疾人,赵斌都能帮助他们增强战胜困难的勇气和信心及

创造生活的美好希望。

求真务实，康复工作兢兢业业

作为分管残疾人康复工作的领导，赵斌始终把全市的残疾人康复工作放在心上。他牢记党的宗旨，求真务实，全身心地投入残疾人工作中去。自 2008 年他分管康复工作以来，镇江残联的各项康复任务完成数均超过江苏省下达的指标，一直在全省位居前列。在辖市区开展的"三助一给"康复项目工作中，仅 2011 年，就为贫困残疾人安装 104 条假肢，为 1766 名贫困精神病患者提供免费服药，为 500 多名白内障患者施行了复明手术；2010 年，镇江市（区）通过国家白内障无障碍验收，扬中市被定为国家级"社区康复示范区"、其他市（区）被定为省级"社区康复示范区"。2011 年，镇江市获"国家级白内障先进市"的光荣称号。

在他分管的下属单位——镇江残疾人康复中心，赵斌创办了"小天使聋儿语训部"，招收聋哑儿童进行语言训练。他积极为康复中心争取办学经费，对六岁以下贫困残疾儿童训练免费住宿并免收伙食费。现在，"小天使聋儿语训部"累计培训的 300 多名残障儿童，80% 进入了普通小学随班就读。他又创办了"南徐培智园"，从而满足了镇江学龄前孤独症儿童康复的需要。六岁以下残疾儿童的抢救性康复，一直是残疾人康复工作的重中之重。为确保贫困儿童的抢救康复收到实效，他撰写了题为《关于全面加强镇江市六岁以下残疾儿童抢救性康复工作的研究》的论文，更深层次地探讨这项工作的重要性。他多次向镇江社会各界呼吁，动员社会的力量来关心帮助这些残疾孩子，并且得到了社会各界人士的响应。镇江慈善总会捐赠的两套价值 50 万元的无线调频语训设备很快就到位了,康复中心也被确立为"镇江市慈善义工基地"。

一分耕耘,一分收获。赵斌身残志坚、自强不息、为国争光、争当世界冠军的事迹,远近闻名。在工作岗位上,他的工作业绩得到了上级领导的肯定与表扬,他也成了镇江市一位响当当的新闻人物。党和人民给了他很多荣誉:1985 年以来,他获得团中央授予的"新长征突击手"称号、团省委授予"新长征突击手标兵"称号,省政府为他记特等功、一等功各一次。他还被评为"全国自强模范""全国残疾人十佳运动员""全国职工体育先进个人""江苏省十大杰出青年""镇江市青年标兵"……

原稿最初发表于《镇江残联》2012 年第 2 期(总第 8 期)

甘为"孺子牛",无私做贡献

——记镇江市残疾人就业管理中心主任赵淮丰

　　鲁迅先生说过"横眉冷对千夫指,俯首甘为孺子牛"。当然,"横眉冷对千夫指"的时代早已过去,但"俯首甘为孺子牛"的精神,仍然影响着我们这个时代。在镇江市残疾人就业管理中心(以下简称"就管中心")就有这样一位"甘为孺子牛"的党员干部,他就是镇江市残疾人"就管中心"主任赵淮丰。他几十年如一日,默默地为残疾人事业无私奉献,处处严于律己、宽以待人,虽然经历岁月风雨,但始终以一个共产党员的标准严格要求自己。

镇江市残疾人就业管理中心主任赵淮丰(右)慰问视力、肢体残疾人荀小俊

保障金征收措施有力

南徐生态大道,风景秀丽;润扬长江大桥,气势雄伟。镇江市残联综合服务大楼就坐落于大道与大桥的交接处。镇江市残疾人"就管中心"在服务大楼一楼,多年来,市残疾人就管中心赵淮丰主任就是在这里带领中心全体同志,取得了斐然成绩。

"喊破嗓子,不如做出实事。"这是赵淮丰常说的一句话。2006年,他担任镇江市残疾人"就管中心"主任以来,涉及的征收残疾人就业保障金的单位就达上百家,每年的工作千头万绪、任务繁重。而镇江市"就管中心"创办伊始,底子薄、人手少,工作难度大。他统筹安排,提前准备,分工协作,责任到人,"就管中心"的工作忙中有序。值班的同志对来"就管中心"年检的各单位人员,总是热情接待;对来电咨询的问题,总能认真细致地解答。每年全市残疾人按比例就业年审工作都进行得有条不紊。

面对繁杂的工作,赵淮丰不断充实征收力量,督促征收进度。关键问题,他总是亲手抓。在征收过程中遇到这样或那样的困难时,赵淮丰总是亲自牵头协调,为征收残疾人就业保障金工作铺平道路……在他的带动和影响下,"就管中心"工作作风明显加强,工作业绩不断提升。2006年以来,在他的统筹管理下,每年征收的残疾人就业保障金持续增加。2010年,镇江市本级保障金征收超过2000万元,是2005年的29倍之多。2011年,全市保障金征收总额在2010年的基础上又增加了20%以上。为此,2011年,镇江市残联被江苏省残联、江苏省地税局授予"全省征管工作优秀单位"荣誉称号。

2011年，赵淮丰对完善"一体两翼"的残疾人就业保障金征管机制，提升全市职业培训、就业保障和创业服务工作质量的经验进行总结和研究，并写成了论文——《江苏镇江：完善保障金征管机制，推进残疾人就业工作》，发表在 2011年第 11 期《中国残疾人》杂志上。他的成功经验受到江苏省和中国残联相关部门的肯定与支持，并进一步向全国推广。

为残疾人搭建好就业培训平台

残疾人是社会的弱势群体，帮助一个残疾人解决了就业问题，往往就为这个家庭带来了出路和希望。但残疾人的就业不仅受到自身身体条件的限制，还受到文化程度、劳动技能等多方面因素的限制。和残疾人接触多了，赵淮丰对残疾人就业的种种困难感同身受。

王浩是一位脑瘫患者，语言、行动方面存在着严重的障碍。为了减少家庭负担，他四处寻找工作却总是碰壁而归。赵淮丰得知他的遭遇后，积极为他联系就业单位。最终，王浩在镇江市一家电子设备厂上了班，每月不仅有固定的工资收入，还有"三金"的保障。

王海是一位有听力障碍的残疾人，他凭着自强不息的毅力，考取了南京师范大学环境工程专业，毕业后几度到镇江市人才市场应聘，但投出的几十份应聘材料都石沉大海。赵淮丰在媒体上得知他的情况后，主动与他联系，积极帮助他寻找专业对口的单位。后来，王海与台资企业镇江联成化学工业有限公司签订了就业协议，成为该公司的助理工程师。

根据国务院和江苏省政府有关文件的要求，所有单位应按员工人数比例的 1.5% 安置残疾人。十几年来,赵淮丰为了让企业了解国家关于安排残疾人就业的相关政策,经常和同事们一起分片区到企业深入宣传,不厌其烦地逐一走访。他以残疾人参加工作的具体事例,让企业的负责人相信残疾人是有工作能力的。个别漠视残疾人就业的企业负责人,也总被他的认真和耐心的工作态度所打动,他们从赵淮丰那里了解到相关的政策,并付诸积极的行动,变得乐于接纳残疾人就业了。镇江强凌电子有限公司安排了 80 多名残疾人就业,大润发、苏宁电器、北京华联等单位也特地排出特殊工种,安排残疾人就业……

2011 年元旦和春节期间,赵淮丰主动与镇江市人社局携手合作,开展"就业援助月"招聘活动,为残疾人"送政策、送岗位、送培训、送服务、送温暖"。活动把生活贫困残疾人家庭、零就业残疾人家庭和一户多残家庭中的残疾人及长期失业和未就业高校毕业生残疾人作为援助重点,实行"一对一"服务。全市共有 302 名残疾人参加了招聘会,135 名残疾人被纳入实名制年度培训计划。活动共帮助 66 名残疾人实现就业,帮助 15 名残疾人享受专项政策扶持。2011 年《中国残疾人》第 2 期杂志上,题为《江苏镇江:"一对一"服务》的通讯对活动进行了报道。

加强残疾人职业培训基地建设,是赵淮丰集中安置残疾人的一项重要举措。他把相关政策要求,与充分发挥本地区人力、自然、社会等资源优势主动地结合起来。丹阳的吕存是"非物质文化遗产的继承人",扬中的耿月星是"中国十大民间工艺美术师"。赵淮丰请他们为残疾人培训基地传授织绣和柳竹藤编技术,积极开展残疾人的上岗培训。2011 年年底,在赵淮丰的主持下,镇江已建成的残疾人省级示范培训基地有 4 家,在全省 13 个地级市中名列榜首。他成功举办了镇江市第四届残疾人职业技能竞赛,积极组织人员参加江苏省第四届残疾人职业技能竞赛,镇江市有 11 名残疾人选手被江苏省人社厅授予"江苏省技术能手"荣誉称号。镇江市有 7 名选手在全国第四届残疾人职业技能竞赛中荣获 1 金 3 银 3 铜,团体总分在全国地级市中名列第一。为此,镇江残联荣获第四届全国残疾人职业技能竞赛江苏省筹委会授予的"突出贡献单位"称号。

规范盲人保健按摩行业管理

盲人作为社会的弱势群体,其就业难度系数在残疾人群中相对较高。镇江盲人的就业问题,一直受到赵淮丰的关注。他认为,要解决这一难题,应坚持"先提素质,再促就业"的做法,从提高盲人群体自我创业能力出发,大力开展适合盲人从事的保健按摩等专业技能培训,提高其就业能力,并把盲人保健按摩行业管理列入行政权力阳光运行项目。2011 年,他认真审核,为符合开店条件的 7 家盲人保健按摩机构发放了开办许可证。另外,他积极组织盲人保健按摩师参加电脑专业技能培训,培训合格盲人按摩师50 名;认真做好盲人医疗按摩资格考试工作,配合人事、卫生部门开展盲人医疗按摩职称评审。2011 年,他积极组织开展全国盲人按摩征文活动,对各辖市区推荐的论文进行初评,及时上报江苏省残联,并配合省残联进行筛选,推荐优秀论文上报中残联,扩大了镇江残疾人工作在全国的知名度和影响力!

赵淮丰几十年如一日,始终坚守在自己的岗位上,无怨无悔、默默奉献。他在 2008 年、2009 年、2010 年连续被镇江市政府残工委授予"镇江市残疾人就业工作先进个人"称号；2009 年,被镇江市委深入学习实践科学发展观活动领导小组授予"年度全市脱贫攻坚'两消除'行动先进个人"称号；2010 年,被江苏省残联授予"全省按比例安排残疾人就业工作先进个人"称号。2009 年、2010 年、2011 年又连续被江苏省残联、江苏省地税局授予"全省残疾人就业保障金征管工作先进个人";2011 年,镇江市委、市政府还授予他"镇江市2011 年度跨越式发展突出贡献个人"的光荣称号! 2010 年、2011 年镇江市残疾人"就管中心",连续两次被江苏省残联授予"全省按比例安排残疾人就业先进单位"。

原稿最初发表于《镇江残联》2012 年第 3 期(总第 9 期)

把忠诚写在残疾人事业上

——记镇江市残联理事、计划财务处处长陈玮

没有惊天动地的业绩,没有气壮山河的豪言,她将自己的理想、才智和激情融入了镇江的残疾人工作中。她 20 多年如一日,在财会岗位上一丝不苟、兢兢业业,默默无闻地工作,无私无畏地奉献,一本本荣誉证书,印证了她闪光的青春、如歌的岁月。她就是陈玮,镇江残联理事,一个把忠诚写在残疾人事业上的镇江市残联计划财务处处长。

一

2013 年新年伊始,我来到镇江市残疾人综合服务中心

镇江残联理事、计财处处长陈玮(左一)

三楼的计划财务处(以下简称计财处)办公室。面对采访,陈玮十分谦逊,她说:"我只是做了我应该做的工作,要写就写写单位这个集体,我们这个团队……"陈玮的一席话深深地触动了我。

20 多年来,陈

玮充分发挥共产党员先锋模范作用,凭着对残疾人事业的执着追求和高度负责的敬业精神,她尽心竭力、恪尽职守,一步一个脚印地工作着。她把一腔热忱献给了镇江的残疾人事业,赢得了一片赞誉声。她连续多年被镇江市人民政府残疾人工作委员会评为"镇江市残疾人就业工作先进个人",多次被评为镇江市残联优秀公务员。

二

"我们财务人员,几乎天天都要与钱、账目、票据打交道,如果把我们的财务工作比喻成画一个圆,那么勤就是半径,廉就是圆心。勤而不廉、廉而不勤都不可能画成这个圆。清正廉洁,洁身自好,是我们财务工作者应该具备的人品和职业道德!"话匣子一旦打开,陈玮开始侃侃而谈。

1963年6月出生于甘肃省兰州市的陈玮,从小就养成了好学上进、坚忍不拔的性格。学生时代的陈玮,不仅学习成绩很出色,而且还是一个声乐爱好者,常常在校歌咏比赛上获头奖。高中毕业后,她随父母回到镇江,进入镇江市纺织厂,成为一名工人。两年后,她担任车间团支部书记。由于她出色的表现、干练务实的工作作风,于是从厂里众多员工中脱颖而出,被调入厂质检科。几年的企业工作锻炼,使她丰富了阅历,开阔了眼野,经受了锻炼,增长了才干,为她日后施展才华、实现梦想奠定了扎实的基础。1990年,陈玮迈出了她事业上转折性的一步,她调入镇江市残联,成为一名会计,踏上了财务管理之路。

那时,正值镇江市残联初创之际,陈玮努力学习财会业务知识,学习会计法、财务人员职责和工作制度,以及财经管理条例、规定等一系列专业理论知识。工作中遇到难题，她总是虚心向老会计请教，自身的业务水平得到明显提升。她不断提高财务技能，以较强的业务素质适应当时镇江市残联的财务工作要求。1998 年，电脑在镇江的财务部门开始普及使用，陈玮忙碌了一天下班回家后，处理完了一大堆家务事，还要挤出时间来学习电脑技术。理论联系实际，一遍又一遍地练习操作，直到融会贯通为止。

近年来，为了使镇江市残联系统财务人员的整体业务水平得到提升，身为计财处处长的她，多次采取以会代训的方式对辖市、区残联的财务人员进行培训，邀请财政、审计部门的有关专家就规范资金使用、正确规避财务风险及固定资产管理中的账务处理等问题，进行深入浅出的讲解，取得了良好的效果。

三

计财处是镇江市残联的后勤保障部门，主要工作就是为业务处室正常开展工作提供资金保障。几乎镇江市残联的每一项工作都要用钱，如何"生好钱、多要钱、管好钱、用好钱"，是计财处必须考虑的问题。陈玮牢固树立服务意识，在资金管理和资金效率使用方面有着前瞻性的工作思路和方法。在实际工作中，她严格要求自己，积极当好镇江市残联领导的参谋、助手，她的工作成绩受到镇江市残联领导和绝大多数同志的一致好评，她光荣地加入了中国共产党，成为镇江市残联的主办会计。2003 年，她由计财处副处长被提拔为计财处处长。

陈玮在平凡的工作岗位上踏踏实实地工作，为周围的财会人员做出了表率。她常常告诫身边的财会人员："我们从事市残联的财务工作,容不得一丝一毫的差错,必须具备高度的责任感,避免给单位经济带来损失。"在日常工作中,陈玮严格按财务制度的规定处理账务,一旦审核遇到财务手续不全或票据违规等问题,她坚决不予以入账。单位开展活动让她做预算方案时,陈玮总是把活动经费降低到一定的限度,想方设法为单位节省资金。单位日常账务中的每一笔收入、支出,她都看得仔仔细细,直到发现无任何差错才装订成册。在对账过程中她更是细致、严格。她及时编制各类报表,为镇江市残联领导提供所需数据和账目。在日常收支、往来账务中,她及时、准确地为领导汇报收支和往来情况。她监督着每一笔款项的实际运用情况,使残疾人事业的项目经费能够专款专用。在使用每一笔资金时,她总是提前为镇江市残联领导制定合理的使用方案,使有限的资金发挥最大的效用。

"十二五"以来,由于镇江市残疾人康复经费得到了及时、准确、合理的使用,各辖市、区全部通过"国家级白内障无障碍市、区"的验收,完成白内障复明手术率达 100%;聋儿语训的聋儿听力改善率达 100%;肢残人假肢安装行走改善率达 99%;精神病监护、精神病免费服药率达 99%,大大提高了镇江贫困残疾人的康复质量;重度残疾人按时获得了生活费补贴和护理费。由于残疾人康复扶贫经费及时到位,贫困残疾人生活与康复状况得到了全面的改善。

四

坚韧、睿智,又有一颗善良的心,陈玮在镇江残疾人事业的工作岗位上,历经风雨,成为一位德才兼备的好党员、好干部。她具有高尚的职业道德,始终如一地为镇江的残疾人就业工作的开展,贡献着自己的一份光和热。

陈玮说:"残疾人事业的发展离不开资金保障,镇江残疾人就业工作的完成,离不开残疾人就业保障金准确无误地支出,残疾人就业保障金财政的支出,衡量着我们财务工作的绩效和水平。"

残疾人就业保障金财政支出绩效评价是镇江市财政的重点项目之一,由镇江残联计财处负责组织实施,这项工作任务重,且十分烦琐,每年都要延续数月之久。陈玮在开展此项工作时,能通盘考虑、整体部署、分析论证,工作开展得有条不紊。在她的统筹安排下,基础数据得到了准确的填报,复核汇总分析和综合评价工作也能顺利进行。近年来,随着残疾人就业保障金征收水平的不断提高,残疾人就业保障金的支出态势良好,镇江残联计财处为推进残疾人事业发展提供了有力的资金保障。镇江市的残疾人就业状况得到了极大的改善,扶贫帮困有了长足的进步,贫困残疾人有了基本保障,生产生活状况也得到明显的提高。

最后,陈玮对我说,能够通过从事多年的财会工作给残疾人朋友奉献一份爱心,为镇江的残疾人事业贡献一分力量,她感到非常高兴,这种感受是任何物质奖励都替代不了的。

原稿最初发表于《镇江残联》2013 年第 1 期(总第 13 期)

坚守十七年　坚守那份爱

——记镇江第五届"大爱之星"刘伟琴

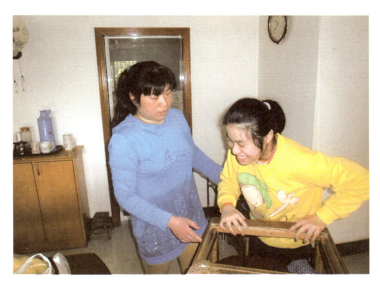

镇江第五届"大爱之星"刘伟琴（左）

故事的主人公刘伟琴，17年来，坦然面对现实，含辛茹苦照料着患有脑瘫的双胞胎女儿，带着她们四处求医，并学习按摩知识，坚持每天给孩子进行康复训练，领着她们渡过生活中的激流和险滩，谱写了一曲荡气回肠、感人肺腑的母爱之歌。

这份母爱承载着责任，饱含着坚强，刘伟琴一直坚守着。一个又一个感人故事在她的身上不断上演。刘伟琴，这位"坚强妈妈"让镇江人感慨万千！

一

在香山华庭一处僻静的小院中,我见到了不久前当选为镇江市第五届"大爱之星"的刘伟琴。她笑容亲切,衣着朴实,并且十分开朗,见到我时,老远就迎上来,主动跟我打招呼。她饱经风霜的脸上又添了几道皱纹,头发间又多了几根白发。她看上去普普通通,正是在这普普通通的背后,藏着许多令人落泪的故事。

二

"既然生下这样的孩子,也许是命运的安排,我作为孩子的母亲,在有生之年,就要照顾好她们。"采访一开始,刘伟琴快人快语地叙述着往事。一段段发生在她身上的故事,撼动着我的心灵。

天有不测风云,人有旦夕祸福。1997 年 12 月,在这个小家庭里,一对双胞胎女儿出生了,整个家庭充满了欢乐。没想到过了不久,刘伟琴慢慢地发现自己的两个女儿和其他孩子不太一样:两个女儿的眼神暗淡而涣散,而且抬头、坐、爬、走等运动发育远远落后于邻居家的同龄孩子……刘伟琴十分焦急,忐忑不安,带着两个孩子前往江滨医院诊断。令她叹息的是:两个双胞胎女儿,由于早产缺氧,都患上了"脑瘫"!一个家庭瞬间出现了两个重残孩子,刘伟琴承受着巨大的痛苦和打击,无情的现实一下子把这个幸福的家庭推向痛苦的深渊。刘伟琴深深地感到,肩上的担子越发沉重了,这意味着她要一辈子照顾这两个生病的女儿。

　　为了给双胞胎女儿治病，刘伟琴几乎花光了家里所有的积蓄。亲戚朋友劝她把两个女儿送到福利院，但刘伟琴一看到两个女儿孤立无助又无辜的眼神，她的心就软了下来，孩子是妈妈的心头肉啊！她紧紧地将两个双胞胎女儿搂在怀里，对她们说："妈妈不会离开你们的！"

　　面对生活的困境，年轻的刘伟琴毅然选择了坚强和担当。她勇敢地挑起了抚养、治疗双胞胎女儿的重担，与公婆一起，带着两个孩子，走上了漫长而又艰辛的求医之路，先后辗转于上海、南京等地的大医院。但两个孩子经过药物治疗、中医针灸、康复训练，却基本没什么改变。两个双胞胎女儿大拇指都无法伸展，刘伟琴就手把手教她们握杯子、端碗，一遍又一遍。一个简单的动作，她要重复上百遍。两个女儿肌肉痉挛，刘伟琴就每天为她们一遍遍地按摩、擦洗，每一次她都忙得汗流浃背。小女儿刘皓月能坐起来了，大女儿刘皓明扶着东西也能站立了，刘伟琴感到欣慰，脸上露出了久违的笑容。两年后，由于刘伟琴原来的工作单位三维服装厂要经常加班，为了照料两个女儿，她干脆辞去了工作。

　　在大女儿刘皓明五岁时的一天，刘伟琴做好了中饭，正准备给两个女儿喂饭，刘皓明轻轻地叫了一声"妈妈"，虽然叫声不是很清晰，可是刘伟琴却听得真真切切。五年了，刘皓明竟会开口说话了！这让刘伟琴无比激动，她的眼泪像断了线的珠子，一下子涌了出来。为这一句迟到的话，刘伟琴盼了五年，忙了五年。每天刘伟琴忙忙碌碌的，没有时间坐下来休息，只要一有时间，她都会和两个女儿说说话。而在不经意间，这稚嫩的叫声"妈妈"，却让刘伟琴看到了希望！

　　两个女儿虽然不会走路，可是她们毕竟在一点点地长大，刘伟琴感到无比欣慰。在家里，两个女儿乖巧地坐在那里,两张单纯而白净的笑脸就能让她心里美滋滋的。"两个可爱的女儿看上去不像有病的样子,如果每天坚持带着她们进行康复训练,说不准今后能够出现奇迹。"刘伟琴信心十足。

每天早上6点多,刘伟琴买完菜、做完早饭,就给两个女儿喂饭。10点多钟,开始做中饭,中午给两个女儿喂饭,并给两个女儿按摩、擦身。下午5点多开始做晚饭,晚上全部收拾停当要到10点半,忙碌的一天似乎才告一段落。再苦再累,她每天都要带着康复情况较好的大女儿刘皓明,扶着墙边走上一个多小时。令刘伟琴感到欣慰的是,两个女儿今年17岁了,在她的精心呵护下,她们已经一天天地长大了!

三

现在,刘伟琴每月拿着700元钱的低保工资,和退休后的公婆一家七口人住在一起。为了照顾两个女儿,刘伟琴与两个女儿同住一室,从没有睡过一天的安稳觉。小女儿刘皓月睡觉时,气常常喘不上来。刘伟琴说:"我每天都睡不安稳,处于一种半睡眠状态。只要一听到小皓月呼吸声变粗了,我就知道她挺难受的。"这时候,刘伟琴就会披衣起床,像一个受过专业训练的医生一样,熟练地掰开女儿的嘴巴,不让孩子自己咬着舌头。同时,她不断地说着一些安慰的话,让刘皓月尽量放松。

尽管刘伟琴把两个双胞胎女儿照顾得细致入微,可是大女儿刘皓明还是会经常摔倒。有一次刘伟琴买菜回来,眼前的情景让她惊呆了,刘皓明重重地跌倒了,瘫坐在了地上。刘伟琴看在眼里,疼在心上。还有一次,刘伟琴在厨房做饭时,刘皓明从床上掉了下来,坐在了地板上。为了不让刘皓明再摔倒,刘伟琴动尽了脑筋,想了许多的办法。她先在床边挡上木板或者高靠背椅子,方法虽好,但刘皓明却只能躺在床上,活动范围变得很小。怎样才能使孩子既有活动空间,又不至于摔倒呢?这个问题困扰着刘伟琴,使她难以入眠。一天深夜,两点多钟了,刘伟琴起来给刘皓明盖被子,她终于想到了解决问题的方法。第二天,她请木工师傅打了一个四四方方的木头架子,在架子底部装上了四只简易的轮子,木头架子用长长的宽布带子拴着,让刘皓明扶着走,这样就既不至于摔倒,又有了一定的活动空间。四轮木头架子做好后,刘伟琴看着刘皓明扶着四轮木头架子行走自如,为此高兴了好久!

　　十多年的辛苦,刘伟琴落下了一身的病,患上了高血压

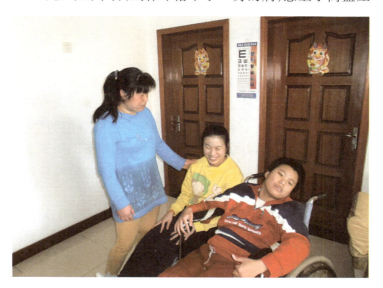

刘伟琴(左)与她的女儿刘皓明(中)、刘皓月(右)

和颈椎病,可她却始终鼓励自己不能倒下,孩子不能没有妈妈。2012年,她因胆结石住院需要做手术。可她放心不下家里的两个女儿,手术后仅一个星期,刘伟琴就要求尽早出院。现在40岁的刘伟琴显得比实际年龄苍老许多,皱纹爬上了她的脸庞,但唯一不变的是她对两个女儿的爱!

刘伟琴说:"2005年,我们决定再生一个孩子,万一我们夫妻俩不在了,两个可怜的女儿将来好有个人照应。"如今,她的儿子已上小学二年级了。

四

2008年,为了更好地让两个女儿进行康复锻炼,刘伟琴把自己和公婆的两套房子变卖了,换了现在香山华庭一楼的大房子。

刘伟琴热心公益事业,入住香山华庭小区以来,慰问困难家庭、开展征兵宣传工作……社区里的事都少不了她。2010年,小区里搞人口普查,刘伟琴自告奋勇,在双休日和每天晚饭后趁有人在家时,挨家挨户入户搞调查。人口普查工作在香山华庭小区顺利开展,得到了上级部门的赞许。2011年7月,刘伟琴被任命为米山社区"网格长",负责小区300多户家庭事务工作。没有任何报酬,但她却做得认真出色。

为保一方平安,刘伟琴风雨无阻,坚持义务巡逻,发现住户车库被撬,电动车、自行车被盗,她就及时提醒大家注意防盗;发现有人在墙上贴"牛皮癣"小广告,她立即通知有关部门处理;邻里发生矛盾,她及时上门调解……每天,刘伟琴都默默地为小区的住户做力所能及的工作。她被大市口街道评选为"优秀网格长"。2012 年 5 月,她荣获"感动镇江十佳母亲"的光荣称号。2013 年 3 月,她当选镇江第五届"大爱之星"。

面对这些荣誉,刘伟琴却淡淡一笑,真诚地说:"我只是做了自己的良心告诉我应该做的事情。"刘伟琴对我说,感谢社会各界对她们一家的支持和帮助!镇江市、区残联为两个女儿送来了残疾人轮椅、坐便器、淋浴椅。为防止大女儿刘皓明的轮椅滑出院外,市、区残联还派专人在她家门前的坡地上安装了价值千元的减速带。一个偶然的机会,交通银行镇江分行了解到刘伟琴家中的实际困难,决定资助她儿子完成小学到高中的学业费用,银行的党员们纷纷为她捐款。米山社区卫生服务中心的医务人员积极与她家结对,对刘伟琴的电话咨询随时接听,她有什么需要也会随叫随到……

"感恩社会,我要回报社会,要尽力为社会多做点事情。"刘伟琴坚守生命中的那份爱,用真情唱响一曲人间大爱之歌。

原稿最初发表于《镇江残联》2013 年第 2 期(总第 14 期)

无影灯下的奉献

——解放军第 359 医院骨科主任刘方刚助残三十五载纪实

2013 年 5 月 19 日,是第 23 个全国助残日。请让我们向那些勤勤恳恳,为助残事业默默奉献的人们致敬!

解放军第 359 医院骨科主任刘方刚长期致力于助残工作,他先后完成 100 余例的脊柱畸形矫正手术、500 余例的下肢骨延长手术、数百例的髋关节置换手术和近 2000 例的各类显微外科手术,每年治疗患者达 2000 余人,每年做的手术有 400 多例。无影灯下,他用灵巧的双手传递无声的爱,给那些特别的人。为无数肢体残疾人的康复做出了贡献。一串串具体而翔实的数字,如同一个个跳动的音符,谱写出的是一曲令人难忘的助残大爱之歌。

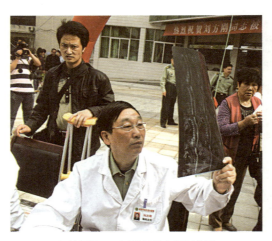

解放军第 359 医院骨科主任刘方刚

一

"救死扶伤、大医精诚,没有良好的职业道德、高度的责任感和使命感,是无法干好助残工作的。"刘方刚见到我时,像见到久别重逢的老友般,一番话娓娓道来,温暖着在场就诊的人们的心坎。从他的话语中,我深深地感觉到:他不仅是位出色的军人,更是一名责任心很强的医生。

1971 年 1 月,刘方刚光荣地参加了中国人民解放军。他三次荣立三等功,多次被南京军区评为"卫生优质服务先进个人""学雷锋先进个人""优秀中青年科技人才"和"基层建设先进个人",他荣获了国家和军队等八部委联合颁发的"肢体残疾康复贡献奖"。几十年来,他始终以一个共产党员的

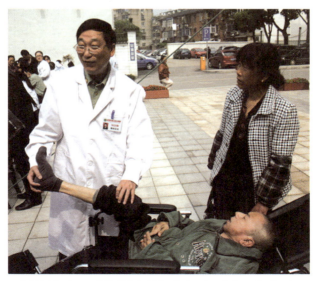

解放军第359医院骨科主任刘方刚(左)在"助残日"义诊现场

情怀,倾心于部队和驻地的医疗事业,他的助残义举深得广大群众的赞誉。

2010年元月的一个早晨,一辆来自南京的面包车驶入镇江市区,穿过行人如织、车水马龙的中山东路,转弯进入359医院,停在了门诊大楼前的广场上。面包车后座门推开后,陆续下来几位年轻人,他们有的坐着轮椅,有的拄着拐杖。一下车,他们便舒展双臂,挺挺胸脯,做了几下深呼吸,与早已等候在那里的刘方刚握手、拥抱。他们是刘静(2008年残奥会女子2级乒乓球单打冠军、1—3级团体冠军)、李倩(2008年残奥会女子3级乒乓球单打冠军、团体冠军,2009年亚洲锦标赛团体冠军、单打冠军)、张变(2008年残奥会女子乒乓球单打第四名,团体冠军)、冯攀峰(2008年残奥会男子3级乒乓球单打冠军、团体季军)。

看着围在自己身边的这些孩子,刘方刚清癯的脸上露出了笑容。这些孩子们来自"邳州市红十字会小儿麻痹症康复部——希望之家",一所由挪威慈善基金捐助的集教学和康复为一体的残疾儿童康复中心,以托养小儿麻痹症孩子和脑瘫患儿为主。刘方刚告诉我,1989年的夏天,徐州邳州市暴发了一次规模较大的小儿麻痹症的疫情,一个月内就有648名儿童被感染,293人肢体严重残疾,其中有200多名孩子出现双下肢瘫痪等症状。当年,359医院是全国"小儿麻痹症"治疗中心之一,刘方刚在百忙之中抽空赶过去,为孩子们进行义诊。每次离开"希望之家"时,稚嫩的童声便从他的身后一声声地传来:"刘爷爷,不要走!"刘方刚放下皮箱,踅回门前依依不舍。此后的15年间,从镇江到邳州的200多张火车票见证了他和"希望之家"紧密联系。他为480多名孩子进行了关节矫形手术,为90多名孩子进行了腰椎侧弯矫正手术。刘静、李倩、冯攀峰等都先后接受过刘方刚的手术。在孩子们住院期间，刘方刚给他们讲述了黑人姑娘威尔玛·鲁道夫从小因病左腿瘫痪，凭着惊人的毅力和坚强的意志刻苦训练，获得三枚奥运金牌的故事……这个故事深深打动了孩子们，他们暗下决心，一定要为祖国的体育事业做出贡献。

二

刘方刚毕业于南京医学院，他的志向是成为一名内科医生。1978年，他第一次接触小儿麻痹后遗症患者，他看到他们：有的蹲着行走，有的瘫痪在床，有的在地上爬行……他的心灵受到很大的震撼：我要治好他们的病，要重建他们生活的信心。刘方刚当即决定改变自己的从医方向，他坚定地来到骨科，迈上助残之路的第一步。

刘方刚年过花甲，仍奋战在手术第一线上，无影灯下没有豪言壮语，只有默默的奉献。从事骨科专业35年来，他和他的同事们诊治小儿麻痹后遗症患者达4万多人，5000余名重症小儿麻痹后遗症患者在治疗下重新站立起来了，他用闪光的手术刀抒写着人间的大爱！

刘方刚告诉我，小儿麻痹后遗症手术涉及的学科多、环节多、风险大，一点小小的失误，都有可能造成难以弥补的损伤。他说："手术台上的每一刀，都要为患者的一生着想。"

陈亚红是一个小儿麻痹后遗症患者，前来就诊时，刘方刚见她脊柱严重畸形，弯曲处骨与骨融合。手术难度大、风险高，许多大医院感到束手无策。刘方刚看到陈亚红痛苦的表情，决心尝试一下。那天早上8时开始手术，手术中间患者大量出血，同台手术的外科专家要求停止手术。刘方刚让护士给病人输血，重新调整了手术方案。他分开融骨、截去弯骨，再打上钢棒。终于，陈亚红弯曲的脊柱被拉直了。手术结束时，已是凌晨，焦急等待在手术室外的陈亚红家人接过担架车时，感动得眼泪夺眶而出，刘方刚也累得快要虚脱了，但他却不忘告诉陈亚红家人手术后的注意事项。那次手术后，瘫痪在床上30多年的陈亚红，终于可以坐起来了。

安徽女孩王忆慧患有小儿麻痹后遗症，"O型腿"弯曲度竟然达到90度，根本无法走路，许多大医院也无法治疗。刘方刚接诊后，精心设计手术治疗方案，经过多次截骨和手术，"O型腿"终于被刘方刚成功地拉直了……

35年来，他作为全军肢体伤残治疗中心的骨科专家，义诊的脚步踏遍大江南北、长城内外。2012年8月，当他得知新疆巴里坤县有十多名维吾尔族小儿麻痹后遗症患者急需治疗时，便不远万里赶赴新疆达巴里坤，辗转7000多千米奔赴巴里坤县人民医院，他不顾旅途劳顿，接连做了三台矫治手术。

谈及社会上还有数量相当大的小儿麻痹后遗症患者时，刘方刚心情十分沉重，他对我说，这辈子绝不放不下手术刀，他要在助残的道路上一直走下去。

<h2 style="text-align:center">三</h2>

20世纪80年代初，刘方刚从英国著名的医学杂志《柳叶刀》（*The Lancet*）上看到了价值较高的英文医学论文，他感慨万千。为了学习国外先进的骨科技术，刘方刚拼命地自学英语，办公室的墙上贴满了专业英语单词的纸条。

刘方刚多次报名，参加了南京军区举办的英语学习班，他深知大量的外文资料可以帮助他了解国外先进的医学动态。他从外文资料中得到启发，研究出膝关节畸形矫治、足根骨延长、足内侧皮瓣临床应用等新技术，获得了军队医疗成果奖，国外《整形与再造》等权威杂志也不断转载他的学术论文。他的断肢再植、足趾移植再造手指、骨关节移植等技术在国内外处于领先水平。

刘方刚外出参加学术交流会议期间，不到景点游玩，有时会务组为参会人员安排旅游，他也总是一个劲地推辞，在宾馆里准备大会发言材料，研究别人提交的论文，把时间排得满满的。他常在外出途中打电话，通知护士安排自己回来后要做的手术。他十多次去北京参加学术交流会，一次也没有去过故宫、天坛、颐和园等景区。有一次，他在参加学术交流会时，因过度劳累而突然晕倒，被送去抢救。但醒来后，他仍坚持参加了为他组织的一场学术报告会。

刘方刚待人温和，平易近人的学者风范令患者们感动。他急患者所急，想患者所想，再苦再累都要及时办好，常年超负荷地工作着。他用坚强的毅力支撑着疲惫的身躯，全神贯注于无影灯下每个细微的动作。

他不断地探索骨科手术的新技术与新疗法，他完成的《重症儿麻后遗症的治疗研究》课题获国家科技进步三等奖，《下肢延长术2135例的临床系列研究》等12项科研成果分别获得军队科技进步和医疗成果二、三等奖。他总结出的"先矫正骨关节畸形，继平衡下肢长度，后稳定关节和重建肌肉力量"的救治原则和方案，在全国儿麻后遗症治疗和康复中得到推广。脊柱弯曲是小儿麻痹常见的后遗症，过去国内开展的矫形手术，只能解决单平面的问题。20世纪90年代，刘方刚运用三维矫形,实施多平面立体矫形,进行小儿麻痹后遗症手术,一次手术就达到过去多次手术的效果,减轻了患者的痛苦,提高了手术的治疗效果。

周月华是重庆北碚区柳荫镇西河村的一名乡村医生,因患小儿麻痹症只能拄拐行走。为了方便周月华出诊,老公艾起常年背着妻子行走在偏远乡村为村民们治病,周月华夫妇的事迹感动了全国,她当选为"2012年度感动中国人物"。2013年,周月华入选中国"最美乡村医生"。

2013年初,刘方刚观看中央电视台现场直播的2012年度《感动中国》颁奖晚会时,为周月华的故事感动之余,了解到她是一位小儿麻痹后遗症患者,便决定向她伸出援助之手。刘方刚专程赶到西河村,为周月华做详细体检。3月29日,359医院邀请周月华及家人来镇江,为她免费治疗。4月7日,手术条件成熟了,刘方刚为周月华进行了左髋膝松解及股骨髁上截骨手术,手术获得了成功。手术后,周月华在进行康复训练的同时,还拜刘方刚为师,学习先进的医疗技术。周月华现在处于恢复期,只要合理地进行康复训练,不久就可以正常行走了。

周月华说,这些日子以来,她感受到359医院刘方刚医生扶残的大爱精神,回到家乡后,她要将大爱传承下去,为更多的患者看病。

原稿最初发表于《镇江残联》2013年第3期(总第15期)

让残缺的花蕾如期绽放

——镇江市京口区特殊教育中心"春蕾"艺术团纪实

"花开不是为了凋谢,而是为了灿烂。"镇江市京口区特殊教育中心的墙报上,写着这样一句富有哲理的话,表达了老师们对从事的特教事业的真诚愿望。为了让每个智障孩子都能健康成长,拥有幸福的人生,她们孜孜以求,让不幸的种子同样生根开花,让残缺的生命绽放出绚烂光华。

一

舞台上的灯光亮了,观众们平心静气,专注等待着一群不同寻常的孩子出场。大幕拉开了,孩子们整齐如一,努力地随着歌曲的节奏伸手、转身。每个孩子都专心致志,脸上保持着笑容,嘴巴艰难地开合着。

舞台上的孩子是京口区特殊教育中心的智障学生,他们步履维艰,生活难以自理。跳舞,原本对他们来说,只能是人生的一个梦想。现在,却成为生命的奇迹。

二

京口区特殊教育中心坐落在南门大街一处闹中取静的小巷深处,那里有这么一群爱岗敬业的特教老师,她们每时每刻都在用自己的爱心和真情演绎着感动古城的故事。

这一群特殊孩子,从七八岁到十多岁,年龄不等。他们见到我时,会凑趣地黏上来,朝我笑笑,从他们答词单一的言语中,我发现了他们智障的特征。

京口区特殊教育中心,原名镇江市梦溪学校,创办于1990年,是以培养智障孩子为主的特殊教育学校。学校现有学生108名,教职工28人。

"尽管现在的育龄男女越来越注重优生,都想尽办法提高生育质量,然而,每年还是有为数不少的智障儿不可避免地出生,天下所有的妈妈都希望生下健康的孩子,然而不是所有的妈妈都能如愿。"在京口区特殊教育中心,从事艺术教学工作的钱秋娣老师对我侃侃而谈,"孩子是一个民族的未来和希望,而每个民族的成员都是由各自的家庭中培养出来的。有一个聪明、健康、适应社会的孩子,是每个家庭的愿望。然而,智障孩子却不然,他们的未来令他们的父母担忧。因为在很多人的眼中,智障孩子没有未来,而我们这些特殊教育工作者,就要为这些孩子创造出奇迹,创造出一个未来!"2007年8月,钱老师调到京口区特殊教育中心从事特殊教育工作,在此前,她从事过幼教工作,从事过舞蹈教学工作,只是没想到这辈子还会成为教育智障孩子的特教老师。那时,她上舞蹈课,领着一群学生手拉手转圈圈。这对于正常孩子来说一下子就能会,甚至无须老师来教的课程,在这里她却要教上好几堂课。看着学生们迷茫的眼中无助与绝望的神情,钱老师感到这里的孩子们确实需要她,特教老师的使命感在心中顿然升腾,同时她也感到肩上的担子越来越重了。钱老师回忆起当初踏入这个特殊岗位时的情景,感慨万千,那时她常常感到落寞,心中涌起的是一股酸楚。为了上好孩子们的艺术课,她早出晚归,中午也不休息,为了辅导学生她放弃了若干个节假日。没有鲜花,没有掌声,更没有人理解，她在这一片寂寞的荒原上，默默地耕耘着。有着艺术特长的她，在祁俊校长的支持下，成立了京口区特殊教育中心"春蕾"艺术团，第一支由智障学生组成的舞蹈队宣告诞生了。不久，她培养出万靓、郭月仙、蒋嘉悦、张倩茹、马俊、丁子妍等主力队员。

舞蹈情景剧《隐形的翅膀》

"如果没有京口区特殊教育中心，难以想象她现在会怎样？刚在京口特教学校就读时，她不会发音，连'爸爸、妈妈'也不会叫，一刻都停不下来地到处乱跑，她的身边一刻不能离人，必须有大人陪护，为了她，我只能辞去工作，时刻陪着她。她跑出去就会走丢。做梦也没想到她如今能和同伴们一起跳舞、唱歌、上台表演。"自闭症患者丁子妍的母亲说。

"智障的孩子，他们感知世界的速度慢，记忆力差，言语、思维能力低，情绪不稳定，自控能力弱，动作笨拙，这都让特殊艺术教学面临严峻的挑战。"钱老师说,"但我在与孩子们的相处中,注意到有不少孩子听歌时打着拍子,拍子打得准,这说明他们在音乐舞蹈方面挺有天分。他们没有表现的机会,我就想给他们搭建一个表演节目的舞台。"

三

"每一个动作,都要在舞蹈中重复着做,反反复复,几百遍、几千遍……才能教会他们。"钱老师谈到智障的孩子的舞蹈教学,不无感慨。

她参与创作、编排了舞蹈情景剧《快乐课堂》。"尽管音乐、舞蹈教学中的情景比我想象的要好,但是,有的孩子的一举一动,还是让我感到教学面临的困难。"因为缺乏自控能力,有的孩子喜欢哭闹甚至打闹,很难提高他们的艺术素养。然而被"调皮孩子"包围的钱老师,始终没有离开。这一坚守,就是六年多。随着艺术教学的深入,耐心的钱老师遇到了全新的、巨大的挑战。

20多分钟的舞台情景剧,生活自理能力几乎全无的智障孩子们,能完成这样一个几乎不可能完成的任务吗?

刚开始上艺术课的时候,孩子们完全不懂"舞蹈"是什么,古筝是什么,架子鼓是什么。有的学生还分不清左右方向,身体的肢体动作还不是很协调。

"哪一只手是右手?右,右……就是平时你握笔写字的手、抓筷子吃饭的手。"钱老师拉着万靓的右手,一遍又一遍地告诉她。

有的学生,左腿靠到右腿上这样一个简单的动作都不会做。"他们的腿并不拢、伸不直,两膝之间空隙大,往往会摔倒。"

这时候,钱老师就用手托着一个学生的左腿,靠上他的右腿。她一边说,一边拍拍那个学生的右腿。"对啊,对啊!像这样,再来一次,再来一次! 好,就这样,很好!"

排练时,钱老师一句句教台词,学生们一句句地跟着学。一次又一次,直到他们记得熟练。好多次,学生们因为累或者练不会,就不愿意练,开始哭闹。一个学生哭闹,个个学生跟着哭闹。"上舞蹈课前,有时排练老师要准备好多块糖,要哄着他们高兴,当然这也不是最好的办法,关键是要动脑筋去激发他们的兴趣。"钱老师说,"有的学生脾气大,不高兴的时候,他们会溜走,会躲避老师。还有的时候,有的学生闹情绪时,一屁股坐在地板上,就是不爬起来,无论你怎么劝也没有用……他们的举动往往与他们的实际年龄极不相称。"

每每遇到这样的情况,钱老师一班人就及时调整"策略"。譬如放一些轻音乐或陪他们玩一会儿游戏。"等到他们气全消了,看见另外一些学生在练舞蹈,在练古筝,在练架子鼓,他们又会感到很好玩,就会被吸引过来,主动回来练习。"

四

开始排练的时候,音乐声响起,但有时学生们也不会跟着跳。有时他们能注意到手、腿上的动作,但却面无表情。这时,排练的老师们就会站在台前,不停挥动手臂,大声喊道:"笑,笑啊! 注意表情,笑,笑啊! 比比看谁笑得最好看!"

有时家长们也来参加观摩表演,孩子的爸爸妈妈怎么也想象不到他们的孩子有一天会站在舞台上，激动的鼓掌声此起彼伏。校长祁俊有时也亲自上阵，为学生鼓劲："孩子们！你们表演得多好啊！听，教室内外全是喝彩声！"

钱老师走在校园中，学生们会迎上来和她打招呼。钱老师会拍拍他们的肩，摸摸他们的头。排练舞蹈时，钱老师总会在第一时间到场，拉着孩子的臂膀，重复着一个又一个动作。排练舞蹈情景剧《快乐课堂》的那段时间，钱老师每天一大早到校，一直忙到很晚才能睡，有时累得仿佛要瘫倒在地上。

2010 年 11 月，第六届江苏省盲聋培智学校学生文艺会演在常州市工人文化宫剧场举行，来自苏州、无锡、常州、镇江的 200 多名演职人员参加了这场精彩的演出。

舞台上，灿烂的灯光下，钱老师领舞，一群穿着金黄色舞蹈服的孩子们，脸上绽放着灿烂和善的笑容，舞动着身姿，欢快地跳着……一群特殊的孩子在谱写着他们的舞台

钱秋娣（站立者）为智障孩子们领舞

梦。台下,掌声、喝彩声如潮。许多家长纷纷指着自己的孩子,对坐在身边的观众骄傲地大声说:"他是我儿子!""她是我女儿!"家长们激动地落泪了,老师们也落泪了。舞蹈情景剧《快乐课堂》荣获培智类最高奖——启智奖。同年,该节目又代表江苏省队参加全国的演出,荣获了优胜奖。2012 年镇江电视台举办首届少儿春晚,该节目成为晚会亮点节目。演出结束时,钱老师被主持人邀请重新回到舞台上,接受现场采访。

"以前,我家孩子胆子特别小,不敢见生人,总是用手遮住脸,不敢说话。现在站在舞台上,面对那么多观众,她大大方方,演出自如。"一位家长为自己的孩子感到自豪。

"我家的孩子现在脾气明显好多了,人也勤快了。他能自己乘公交车上学、放学回家了!"一位孩子的母亲难掩心中

舞蹈情景剧《感恩的心》

的兴奋。

经常进入校园采仿的媒体记者也好奇地问钱老师："你们的学生是不是换了一批了？"钱老师惊讶："没有啊。"记者们说："现在孩子们看起来明显活泼开朗多了，反应也很快，看上去根本不像智障孩子了，我还以为你们的孩子换了呢！"

几年来，京口区特殊教育中心共计培训了智障儿童100多人，许多孩子走上了工作岗位。京口区特殊教育中心为镇江特殊教育史书写了绚烂的篇章：8名学生参加了"特殊奥林匹克运动会上海国际邀请赛"，荣获4金8银5铜的佳绩；红领巾艺术团表演碗碟合奏《瓷趣》，参加全国残疾人艺术会演获了奖；参加江苏省残疾人青少年田径锦标赛的学生荣获团体总分第一；参加江苏省第五届特殊奥林匹克运动会的12名学生荣获2金14银的好成绩……

"孩子们用自己的实际行动证明这样一个事实，他们和健全孩子一样，同样自信，同样能行。他们是好样的！"钱老师说，"我们回望走过的特殊教育之路，感到无怨无悔！"

原稿最初发表于《镇江残联》2013年第4期（总第16期）

轮椅上的大爱使者
——"镇江张海迪"骆焱感化失足孤儿的故事

　　"镇江张海迪"骆焱,不能走路,只能依靠轮椅行动。近些年来,为了挽救失足的青年,她拖着重度残疾的身躯,无数次来到镇江监狱,用轮椅承载的大爱感化那些误入歧途的青年。她因人施教,晓之以理,动之以情,已有多名服刑人员在她的关爱下,弃旧图新,重做新人,骆焱用真情和汗水唤醒了他们麻木的灵魂。

　　骆焱感化失足青年的行动仍在继续。我撷取其中的一个故事,以飨读者。

"镇江张海迪"骆焱(左)与失足青年董某进行交谈

一

2011 年 4 月,一个风和日暖的上午,对于在镇江监狱服刑已经 15 个年头的董某来说,是一个非常特别的日子。这一天,他要走出监狱的高墙,重获新生。这一天,董某早早就起床了,穿上了一身新衣服,他既高兴,又感到依依不舍。高兴的是马上就要离开这里,但难以割舍的是 15 年来骆焱大姐对自己春风化雨的帮教之情,他舍不得离开镇江,舍不得离开骆大姐。监狱大门外,骆焱坐在轮椅上,早早就等候在那里。董某疾步从监狱大门走了出来,当他看到骆焱的那一刻,激动的眼泪在眼眶里打转。他奔跑到骆大姐的面前站住了,竟无语凝噎,他向骆大姐深深地鞠了一躬,瞪着水渍渍的眼睛,从牙缝里挤出一句话来:"骆大姐,没有您这 15 年来对我的帮助教育,就不会有我今天的重获新生……"

董某出生于苏北农村,对于他来说,记忆就如同一场噩梦,往事不堪回首。9 岁那年,董某的父母亲相继离开人世,撇下了他这个无依无靠的孤儿。村上的人只得把他送进了当地一家社会福利院。最初,董某对福利院新的生活与环境,感到好奇、新鲜。然而,他一个人活在这个世界上,感到孤苦伶仃、无依无靠,失去亲人的痛苦让他对生活感到无望,他的脾气变得十分暴躁。为了能让董某拥有一个既温馨又快乐的"家",走出失去亲人的心理阴影,当地福利院为他找了一个没有子女、孤身一人的养父,让董某与他相依为命。一开始,养父的关爱的确让董某感受到了"家"的温暖,可是,没过多久,养父结婚了,继母对董某相当不好,日子过得磕磕碰碰、疙疙瘩瘩。董某感到无望，于是悄声无息地离开了那个家。

那一年，董某还不到20岁。踏入社会的董某，跟着一帮狐朋狗友鬼混，因盗窃成性，终被抓获，获刑四年。刑满获释后，他仍不思悔改，重操旧业，再次落入法网，被判无期徒刑。董某在接到判决书的那一刻，顿时蒙了，这遥遥无期的刑期不知要如何熬过，何日才是尽头？入狱后，董某的情绪低落到了极点，消极改造。

镇江监狱的民警开始注意他了。他们从董某的成长经历分析他的犯罪缘由：没有父爱，也没有母爱，更没有家庭带来的温暖，这是他内心感到自卑的原因。与社会上一群不三不四的哥儿们混迹在一起，充满着江湖义气，寻求着所谓"保护"，良莠不分、是非不知，这正是问题的症结所在。监狱的民警多次找他谈话，做他的思想工作，在沟通上下功夫。董某在民警的教育下，总算有了一点点进步，但思想上却反反复复。民警们对董某的帮教出现了一些新的困难。

二

如何让服刑人员认真改造，重新扬起生活的风帆，到达新生的彼岸，成为镇江监狱改造服刑人员工作的重中之重。虽然董某对他个人的现状感到失望，但他并没有泯灭良知。镇江监狱的民警们从他的一个眼神，以及与他的一次交谈中体察到了董某的内心世界。董某仍企盼着有朝一日能够走出这高高的围墙，他依然憧憬着新的生活。但董某的思想和情绪不断出现反复，始终让民警们捉摸不定。

骆焱(左二)接受京口区残联征文大赛组委会颁奖

1996 年 3 月,镇江监狱作为江苏省监狱系统中向社会招募帮教志愿者的单位,邀请具有责任心的社会各界人士定期走进监狱,挽救失足人员。倡议发出后,引起了社会的强烈反响,得到了积极的响应。骆焱坐着轮椅来到镇江监狱,主动加入挽救失足人员的行列。

1959 年出生的骆焱,被人们誉为"镇江张海迪"。她幼年时不幸患上了"先天性脊髓性进行性肌营养不良症",医生想尽一切办法,把她从死亡的边缘拉了回来,然而无法治愈的顽疾使她落下了全身瘫痪的残疾。病榻上的骆焱,没有气馁,不论寒冬酷暑,她都用坚强的意志,孜孜不倦地学习。她跟着收音机自学英语。写字困难,她就用脑子记;生病了,她挂着水也不放弃学习。最终,她获得了电大英语结业证书。1984 年,她随父母来到了镇江,又报名参加了日语函授学校。三年持之以恒,她获得了日语结业证书。邻居的孩子聚集在院子里嬉闹,坐在轮椅上的她,突然有了辅导孩子学英语的想法。她把她的真实想法告诉了正在玩耍的孩子们,孩子们听后兴高采烈,于是骆焱就有了业余辅导的第一批学生。她不能写,只是反复地说,长期下来,嗓子嘶哑。听到孩子们说起了流利的英语,她舒心地笑了,感到无比的欣慰。每次备课、批改作业,她都因不能转身而在艰难中度过。十多年过去了,接受她辅导的100多位学生,有的大学毕业在外地找到了工作,有的在国外深造,他们经常给骆焱打来电话,骆焱心中感到无比喜悦!骆焱被授予"江苏省新长征突击手标兵"的称号。她经常到镇江的一些高校和单位去做报告,谈理想,谈人生。每一场报告下来,掌声都经久不息,她的事迹在社会上引起了强烈的反响。

一开始,监狱民警安排骆焱和董某结成帮教对子。然而,董某不知道骆焱是何许人,心中忐忑不安,充满了抵触情绪。

中秋节,是合家团圆的日子。然而1996年的中秋节,骆焱放弃与家人团聚的机会,在两名大学生志愿者的陪同下,坐着轮椅,来到了镇江监狱"一帮一"社会帮教结对活动现场。董某第一眼看到骆焱时,完全惊呆了。他看到骆焱完全瘫坐在轮椅上,内心生发出无限的感慨,心中久久不能平静:骆焱残疾到了这样严重的程度,还专程赶来帮助我。董某反而对骆焱生出些怜悯来,虽然他在坐牢,但像骆焱这样的重度肢体残疾人仍努力生活在这个世界上,董某觉得骆焱比他自己还可怜。

骆焱打破沉默,关切地问起董某的身世来。董某看着坐在轮椅上的骆焱,也好奇地与她攀谈起来。两名大学生志愿者你一句我一句地插话,她们谈起骆焱的经历,讲起骆焱身残志坚、自强不息的事迹,这些话深深地打动着董某的心。夜里,万籁俱寂,董某在床上辗转反侧,怎么也睡不着觉。他陷入了深深的沉思:一个残疾女子,面对病痛的折磨,艰难地生存,命运对她可谓太不公平,但她没有悲观沉沦,没有低下她坚强的头,以不屈的精神与命运抗争,坚强地活着,以自身的勇气证实着生命的力量……董某的思想在激励地斗争着,他开始重新思考自己的人生和未来。

董某思想中的疙瘩未能彻底解开,他陷入了深深的苦闷之中,他找到了管教民警,想要与骆焱进一步深谈,镇江监狱领导批准董某可以打电话给骆焱。在随后的日子里,监狱又再次安排骆焱与董某见面,两人进行了长谈。董某的心结慢慢地打开了,他把自己心中的所思所想都说给了骆焱听。

经过多次的见面与交流,董某感到骆焱像他的亲姐姐一样,是个值得信赖的人。过去,董某整天愁眉苦脸,现在生活中的一个个疑团解开了,沉默寡言的董某就好像变成了另外一个人,他变得活泼开朗了,对自己的人生再一次充满了信心。从此,董某一直在争取着减刑的机会,表现得更积极了。他多次受到监狱表扬,被评为监狱改造积极分子,前后三次获得减刑。

三

为了挽救董某,骆焱一次次到镇江监狱去,用轮椅承载的大爱感化误入歧途的董某。让董某刻骨铭心的是,15 年来,骆焱的谆谆话语让他如沐春风,使他茅塞顿开,让他感到亲人般的慰藉。2005 年,董某的养父去世,老家的老屋面临着拆迁。房子拆了,补偿款会属于他吗? 一个个现实问题萦绕在董某心头,让他茶不思,饭不想。骆焱积极与镇江监狱联系,派出专人与对方进行协调,及时帮助董某妥善解决纠纷,使他的合法权利得到了维护。骆焱悉心引导董某,要以感恩的心回报社会! 骆焱的真挚话语,让董某感受深刻,他似乎一下子明白了许多道理。

2010 年 9 月的一天下午,天空中飘着牛毛细雨,董某就要刑满释放回归社会了。月临中秋,骆焱为董某带来了月饼、水果和报纸杂志,这是董某在监狱里最后一次接受骆焱的帮教。骆焱得知镇江监狱帮助董某联系到一家福利企业的工作,她告诉董某一份工作来之不易,在未来的人生道路上一定要走好每一步,做一个知法守法的好公民,只要不断努力,今后的道路一定会越走越宽阔,生活也一定会充满阳光。15 年,5400 多天的坚持,骆焱用一颗真诚的爱心感化了一个误入歧途的浪子。

出狱后,董某不仅有了一份满意的工作,而且没过多久就成家了,从此有了一个幸福的家庭。现在董某一家人生活稳定,女儿活泼可爱。时至今日,骆焱依然关心着董某。董某在生活和工作中遇到新的困难、新的难题时,他都会打电话向骆焱寻求帮助。在董某心目中,他把骆焱看作自己最亲的亲人。

原稿最初发表于《镇江残联》2013 年第 5 期(总第 17 期)

同桌的你

——记张梅芳和她的儿子啸啸

啸啸是一个患有孤独症的"星星孩子",这一类"星星孩子",从不关注周围世界,只顾和自己玩耍。他们"像星星一样纯净,也像星星一样冷漠"。为了让儿子啸啸能和正常孩子一样,张梅芳把儿子啸啸送进了镇江市梦溪学校(京口区特殊教育中心前身),自己则与儿子啸啸成了形影不离的同桌伙伴。

凭着早期照顾孤独症儿子啸啸十多年的经验和为其他孤独症孩子三年服务的义工经历,张梅芳成了京口区特殊教育中心的一名教师。她积极发挥骨干作用,培训其他特教老师,组建孤独症教师团队,积累丰富的教学经验,使更多孤独症孩子在学习和生活中有所改观。

张梅芳(左)和她的儿子啸啸

一

42 岁的张梅芳温和、内敛。她中等偏高的个头,装束简单,身材略显单薄。略微高的前额上覆盖着整齐的刘海,扎着马尾辫。交谈中,她笑容腼腆,不时侧过头,伸手摸摸围在她身旁的孩子们的脸。从外表上看,让我难以与心目中那位坚毅而执着的母亲形象联系在一起,然而,站在我面前的张梅芳就是啸啸的母亲。

1993 年,张梅芳毕业于湖北省咸宁财校,后来到咸宁一家生产运动器材的外资企业上班,不久便成为这家企业的主管。1997 年,张梅芳结婚了。她的丈夫名叫梁韬,在咸宁咸安区政府机关上班。当时一家人收入还不错,小夫妻俩的生活过得幸福美满。没过多久,儿子啸啸出生了。啸啸活泼伶俐,七个月大就会喊"爸爸、妈妈",一周岁见人就会叫"叔叔、阿姨",是个人见人爱的孩子。出人意料的是,两岁之后,啸啸各方面能力开始倒退,甚至连爸爸、妈妈也不认识,不言不语,好似木偶一般,整日坐着,眼神空洞,神情呆滞,不管谁牵他的手,他都会跟着走。张梅芳感觉到自己的孩子和别的孩子不一样,心里咯噔起来,领着啸啸辗转奔赴武汉几家大医院问诊,拿到的却是儿子"孤独症"的诊断报告。这种病目前在全世界也没有特效药可以治疗,这无疑宣告了孩子苦难的一生。那一刻,张梅芳和丈夫几近崩溃,他们彻夜难眠,心里难受极了。所幸的是,经过一番挣扎之后,张梅芳从阴影中走了出来,辞去工作,开始全职带着儿子,去医院、康复中心,为的只是儿子能向正常孩子靠近一步。

专家告诉张梅芳,一定要抢在孩子六岁前,尽早地进行系统的训练,这样情况可能会有很大改观。张梅芳主动放弃了优越的工作环境和待遇,将孩子送到武汉最有名的一家孤独症康复中心治疗,每月包括房租、治疗费在内要花费5000多元,到孩子8岁时,共用去了30多万元,家里早已是一贫如洗。

二

让啸啸能识文断字? 不少人觉得张梅芳夫妇俩有点异想天开。同龄的孩子上了幼儿园,啸啸却待在家里;同龄的孩子上了学前班,啸啸才开始上幼儿园。"孩子来到了人世间,我这个当妈妈的就得管他,不然将来我俩老了,孩子咋办?"磕磕绊绊的几年光景,悄然过去了,啸啸到了上小学的年龄了。"附近倒是有一家儿童特教学校,但去看了,环境太差,我就心疼,又不忍心,盼着让孩子能够接受正规一点的教育、读条件好一点的学校。"

一次偶然的机会,张梅芳在《扬子晚报》上看到一则《54名智障残儿有个"沁妈妈"》的报道,得知江苏镇江有一所专门针对智障孩子施教的辅读学校——镇江市梦溪学校。带着一线希望,张梅芳试着拨通了镇江市梦溪学校的电话。经过多次的电话沟通,夫妇俩的执着终于得到了校方的援助。2006年,丈夫梁韬辞去区政府的工作,夫妻俩带着儿子来到了镇江。梁韬在丁卯的一家私企打工;张梅芳一边照顾儿子,一边在该校当义工,靠着丈夫挣钱养活全家。

啸啸到了镇江市梦溪学校,进了小学一年级快乐班的课堂。多年来,张梅芳的眼光一刻也不敢离开儿子:过马路时,她害怕啸啸会走到川流不息的车流中;去超市时,她担心啸啸啸会拿货架子上的食品吃;去电影院,她生怕啸啸会突然大叫起来……即使在学校,张梅芳也会担心啸啸难以控制自己的情绪,去摸同学一下,或推别人一把。开学了,张梅芳就向学校提出:"孩子日常生活无法自理,学校老师也无法照顾他,干脆让我陪着孩子一起上学吧。"当原校长张庆看到张梅芳坚定的眼神和啸啸呆滞的表情时,他的心一下子就软了。张梅芳的愿望终于得以实现。

第二天,老师们来上课时忽然发现啸啸身边多了一位"同桌"。一开始,老师们上课感觉到挺别扭的,但他们了解到这对母子的情况后,更多的是同情与理解。

课堂上的大课刚上完,课桌上张梅芳又给啸啸上起了"小课":张梅芳带着啸啸一个字一个字地念语文课文,有时她扳着手指教孩子数数……啸啸上到三年级时,已能完整地朗诵课文,生活自理能力也大大增强,他开始帮助妈妈洗衣服,刨土豆皮,帮妈妈的手机充电,播放影碟,玩电脑。他还爱好体育,特别是球类运动。老师们不无感叹地说:"啸啸的妈妈真了不起啊!"

谈起儿子的每一点进步,张梅芳高兴得哽咽:"在学习和生活上,我对儿子没有任何要求,只要他每天都有一点进步,我就会感到很欣慰。"

三

京口区特殊教育中心校长祁俊告诉我,张梅芳的儿子啸啸是他们学校招收的第一位孤独症学生,张梅芳自己摸索着教学。后陆续有孤独症学生要求进校,出于感激,"久病成医"的张梅芳主动当起了义工,一干就是三年。

迄今为止，京口区特殊教育中心还没有专业的孤独症教师，张梅芳陪护儿子康复的十余年，只要是有关智障儿的书籍，她都买来学习和研究，然后用在儿子的康复上。因此，她积累了许多孤独症教学的技巧和经验。三年的义工经历，让张梅芳对自己充满了信心，她想成为特教中心教师中的一员，能够从事孤独症学生的教学，帮助更多的孤独症孩子学习和康复。祁校长非常赞同她的想法。在她的努力下，张梅芳的孤独症教学成了京口区特殊教育中心的亮点，她还培训了五名教师加入了该校孤独症教学的教师团队。2009 年 2 月，京口区特殊教育中心正式聘用张梅芳为该校的教师。2010 年，张梅芳被评为镇江市第三届"大爱之星"。

张梅芳开展教学活动

　　在武汉,有一位很著名的孤独症治疗专家叫李丹,她在对孤独症早期诊断和早期干预技术方面有着专长。为了办学,2011年春节刚过,张梅芳就整理起多年的训练记录。她开始向李丹进行咨询,并与之交流系统训练孤独症儿童康复的方法,开始拟订系统办学的方案。一时间,句容、淮安、安徽、浙江、上海,还有更远的来自内蒙古的孤独症孩子的家长,纷至沓来。有18名孤独症孩子参加了张梅芳的培训班。

　　张梅芳始终坚信:情感和爱心不仅是拯救儿子啸啸的灵丹妙药,也是拯救她的孤独症学生的灵丹妙药。一名叫贝贝的孤独症孩子,"闯"进了张梅芳的教学课堂。贝贝年纪虽小,但攻击性较强。贝贝被安排在张梅芳的班上,张梅芳没少挨过她的巴掌。但张梅芳不气馁,也许是有着特教老师强烈的责任心,贝贝越是打张梅芳,张梅芳越是体贴入微地关心、照顾着她。奇迹就这样慢慢地发生了,直到有一天,贝贝不再打张老师,她开始喜欢张老师了。贝贝的性格也开始发生变化,把张老师当作自己最亲的亲人。贝贝像变成了另外一个人似的。只要张老师在,她就会变得很乖巧,对身边的同学和其他老师也停止了她的"暴力行为"。

　　10岁的杨杨是一名患有孤独症的孩子,他刚开始进入张梅芳的班级时,不说话、不与人交流,但张梅芳一直没有放弃这个孩子。在杨杨身上,她没少花心血,与杨杨一对一地上课。张梅芳对我说:"杨杨刚来的时候是不会说话的,给他做了三个月的语言训练,他只会喊出一个字'妈',我心里感到很温暖……有几次,我戴着手指套给孩子做舌操,孩子一口就把我的手指咬破了。但我不能怪他,孩子什么都不懂。"张梅芳说,孤独症孩子都是"星星的孩子",他们离我们的生活很远,他们需要我们更多的关爱。孤独症孩子把自己封闭在一个小小的孤独世界里面,不愿意与外界交流,伴随行为的迟缓,他们的智商也会逐渐衰退。但孩子的亲人和从事特殊教育的老师们一直在努力着,从未放弃过训练他们使他们康复的希望。

经过努力,仅仅半年时间,杨杨终于能够喊"老师"了,能够简单地讲几句话了。目前,他已能完全开口说话了,这不能不说是一个奇迹!其他孤独症孩子经过干预效果也非常明显,其中四个孩子已回归普通学校,一个上了幼儿园,两个上了小学二年级,一个上了小学三年级。现仍有 14 名孩子在该校就读,但情况都很好……谈起办学的感受,张梅芳说:"累!神经每天都绷得紧紧的。"

谈到今后,张梅芳对我说:"我会尽我所能,让更多的孤独症孩子健康快乐地生活。"

原稿最初发表于《镇江残联》2013 年第 5 期(总第 17 期)

拳拳赤子心，深深助残情

——记镇江市残联退休干部何卫

何卫，镇江市残联原副理事长，退休干部。半个多世纪以来，他像一颗永不生锈的螺丝钉铆在残疾人事业上；他像热爱生命一样对待残联的工作；他像一头不知疲倦的老黄牛，在平凡岗位上默默耕耘、无私奉献。

不吸烟，不喝酒，不打牌，熟悉何卫的人都知道他的三不"爱好"。他爱啥呢？他爱上班，爱工作。每天除了上班，还是上班；除了工作，还是工作。退休12年了，你要找他，哪里也不用去，一定在单位。

镇江市残联退休干部何卫（右）

一

农历马年的正月初八，这位残疾人工作战线上的"老把式"又忙开了。一大早，何卫就赶到镇江市残联上班。新年伊始，我在三楼的办公室里见到了这位精神矍铄的老人，他正在整理桌上堆着的文件和资料。我在他的办公桌旁坐了下来，当谈到他50多年来特教、助残的往事时，何卫显得特别激动,布满皱纹的脸上流露出笑容,他感慨地说:"为残疾朋友们服务,让我感到生活充实。"何卫,一位年逾古稀的老人,至今还坚守在助残工作第一线上,在全省乃至全国,也是屈指可数的!但他无怨无悔,为镇江残疾人事业贡献出了自己的一分力量。与老人的交谈中,我追寻到了他人生中坚实的足迹,翻阅到了他闪光的履历。

何卫说:"我从年轻的时候,就积累起对残疾人的爱和理解。扶残助残,我要将爱心善举的薪火传下去!"

何卫回忆起当年参加工作时的情景,感慨地对我说,他曾经到过一个聋哑女孩的家,那是泥砖砌成的小茅屋,屋上的尘土从瓦片上飘落下来,床上躺着聋哑女孩患病的母亲,女孩在一旁撕心裂肺地哭喊着,却说不出一句话来。他的心碎了!

"也许,良好的教育能够改变这个聋哑孩子的人生,否则,她的未来可能真的没希望了。"何卫痛心地说,"孩子虽然残疾了,可是残疾孩子的教育不能'残疾'。那时我就痛下决心,要帮助社会上残疾的孩子们,让他们零落在春泥中的希望开出灿烂的花朵!"

在20世纪60年代那个特教学校师资奇缺的时代,何卫高中毕业了,他毅然决然地加入到特殊教育的教师队伍中去,成为镇江聋校唯一的一名青年男教师。参加工作后,他似乎进入到一个无声的世界里。何卫听同事给聋哑学生讲了几节课后,就轮到自己给他们上课了。累人啊!上数学课,尤其困难。不太灵活的手指,无法将数学知识传播进这无声的小世界里。一堂课下来,他的手臂挥舞得又酸又痛,满腔的话,却不能完全用手势向聋哑孩子们表达。

他开始加班加点,向老教师学,周末他还要跑到南京、上海,拎着一大堆聋哑教材回来自学。在剪子巷那几间简陋的校舍中,他和学生们生活在一起,他白天为师,晚上当"爹",除照顾十多个寄宿生的生活外,有时还要负责学校的安保工作……一开始,他用不太熟练的手语与他们交流,日积月累,他竟然熟练地掌握了手语。

作为辛勤工作的园丁,何卫承担起教书育人、培育祖国下一代的重任。何卫说:"那些年来,通过面对面的交流,我对聋哑孩子有了一定的了解,少数聋哑孩子感到前途无望,产生过自暴自弃的想法。"遇到这些情况,他总是不厌其烦,一次次耐心地开导他们不要悲观失望,要勇敢地面对生活。

1965 年,何卫调到镇江市标准件一厂工作。当时的市标准件一厂是市属最大的福利厂,需要聋哑教师进厂参与开展工作。凭着良好的工作作风、过硬的业务水平,他担任过人事科负责人和车间主任。"市标一厂有 130 多位残疾工人,绝大多数是聋哑人,还有在肢体、智力和视力等方面不同程度的残疾人,其中不乏镇江市福利院走出的孤残职工,他们就生活在我的身边。"除了正常生产经营,厂里的杂事还挺多,何卫有时要处理残疾工人中间的矛盾纠纷,有时还要为一部分年轻的残疾工人当"红娘"。盲人小伙谈庆余和盲人姑娘储爱珍喜结良缘,就是他介绍成功的一对。

20 世纪 70 年代后期,中国聋哑人福利会决定出版一套《聋哑人通用手语图》,组织全国各地的聋人代表和精通手语的健听人参与编写。何卫开始和他的聋哑朋友尹孚合作,参与这个在全国统一运行的编书工作。何卫摆出平时积累到的镇江地方特色的手语造型,由尹孚进行图谱绘制。他们常常夜以继日地工作,有时甚至通宵达旦,出色地参与了编写出版工作。

二

　　镇江市残联的前身是镇江盲人聋哑人协会,这是一个具有影响力的团体,成立于 1960 年,"文革"期间基本上停止了工作和活动,直到党的十一届三中全会后,才开始恢复机构和活动。1979 年,何卫调到这个单位,担任副秘书长,在正东路老市政府的一间 12 平方米的房间里,开始了全市的残疾人工作。一旦有了专门为盲、聋哑人服务的组织,来访的盲、聋哑人便接连不断,何卫也全身心地投入到了工作之中。他开始走访街道和郊县的盲、聋哑人困难户,晚上常常顶着星星回来。他用情和盲、聋哑朋友沟通谈心,不断拉近与他们的关系。何卫把他们的困难和需求,一条条地记在小本子上,然后分门别类加以整理,写成材料,上报镇江市民政局相关部门加以解决,这获得了盲、聋哑人极高的评价。为了提高盲、聋哑人的综合素质,丰富他们的精神生活,他利用市标准件一厂的老厂房,创办了盲、聋哑人俱乐部,让他们学习盲文、手语,对他们进行文化与思想教育。他先后组织并策划了盲、聋哑人文艺会演、体育比赛、书画作品展览等活动。由于镇江盲人聋哑人协会出色的工作成绩,1983 年,镇江盲人聋哑人协会被评为全国先进集体。好消息像长了翅膀一样,一下子传到镇江,何卫和他的同事们欢呼雀跃。镇江市民政局领导决定让何卫作为代表启程赴北京,参加全国盲人聋哑人协会三届三次主席团全委会暨表彰大会,他立刻动身,并在大会上做了发言。

　　1989 年 6 月,镇江市残联正式成立,何卫被推选为市残联副理事长,分管残疾人康复、就业等业务工作。为了把镇江残疾人康复活动中心打造成镇江地区义务培训盲人的推拿基地，他挑选出多名盲人，送他们到南京、上海，参加盲人推拿技术培训，帮助他们走上了自立自强之路。镇江其中盲人朱建民、马玉宝等人，现已成为镇江市盲人推拿行业的骨干医生，他们带领着一大批年轻的盲人医生，走上了创业之路。镇江市残疾人康复活动中心建立之初，市残联领导班子就连夜赶写调查报告，呈送给市委领导批准，奔走于各有关部门，争取资金。为了解决资金短缺问题，何卫与市残联的干部走东家串西家，募集到基金 80 多万元，与其他同志一起，创办了当时全省一流、功能齐全的市残疾人康复活动中心。

何卫尽心尽力开展了残疾人的教育、康复、就业等工作，提升了镇江残联"三项康复""社区康复"及"按比例就业"工作在全省、全国的美誉度和知名度，许多先进经验被推广。

三

2002 年起，何卫从镇江市残联领导岗位上退了下来。退休之后，本可安度晚年，也可以被镇江市慈善总会、市福彩中心返聘到一家市福利厂任顾问，享受优厚待遇。然而，他却毫不犹豫地接受了组织召唤，继续坚守在他所热爱的残联工作岗位上。何卫在待遇上向助残志愿者学习，在工作上与在职同志一样，履行自己的职责，严格要求自己。可以说，他在思想上、行动上一直没有离开过这个工作岗位！"虽然退休了，我仍然感到每天很忙碌，与以前没有多大差别，生活是那样的充实！也从来没有觉得自己老了，我要尽自己的一份绵薄之力，继续为镇江的残疾人事业贡献一分力量。从青年时代投身残疾人事业起,我的胸中就燃起了一团火,那是一团青春之火!那熊熊的火焰一直在我心中燃烧,在人生道路上无论遇到什么艰难与挫折,都不能阻止我为残疾人事业发光发热。只要生命不停止,我胸中的这团火焰就不会熄灭。"你看,73岁的何卫身子骨依然硬朗,每天一大早,他就骑着那辆伴随他多年的自行车,赶到公交站台,然后乘坐公交车到小牛村站台下车,再步行1000多米到单位。上班的同时,也锻炼了身体。每天他忙里忙外,要撰写单位的文稿,要整理政府部门的文件,有时还要协助处理来电、来访,参加单位的会议,担任手语翻译和学习考试评委……但他整天乐呵呵地。

下班了,何卫要照顾长期患病的老伴,家务事基本上由他一人包揽。他说,不请保姆的原因,既可以保持自己勤俭的美德,又可以活动筋骨。在单位,他能准确地自我定位,当好参谋助手,尊重支持并配合处长完成好工作;他言传身教,团结同事,乐于助人。何卫说:"爱是阳光,可以把坚冰融化。"对于每一位来访的残疾人,他总是认真接待,倾听他们的诉说,时而戴上眼镜,仔细查看来访者的材料;时而低头记录,或打着手势做解释,深邃的眼里闪现出睿智的光芒。他告诉残疾朋友:"挺住,生活中没有迈不过去的沟沟坎坎!"因年逾七旬,所以单位领导对他的工作不作过高的期望和要求,但他总是严于律己,如上下班考勤刷卡,他一直坚持着。尽管家中还有下岗的孩子,但他却能够和在职的同志一样,参加"慈善一日捐"、汶川地震捐款及多项慈善和助残活动;他主动与"小天使语训部"多名聋儿结成帮扶对象,为他们送去学习用品,帮助学龄前聋儿联系就读;在镇江文明城市的创建活动中,他主动和在职同志一起上街巡逻,在烈日盛夏挥汗如雨!

12年来，何卫不仅熟练掌握党的扶残助残政策，熟悉残疾人的法律法规，还有着从事残疾人工作多年的经验、懂得聋哑人手语等优势条件，在镇江市残联多个部门的协助工作中，他能顺利地完成领导布置的各项工作；在残疾人群众工作中，他一直给予镇江市聋协工作帮助与支持，配合市镇江聋协组织聋人开展活动，参与组织聋人游泳及篮球运动员集训；在镇江举办第四届市残疾人运动会期间，他配合市残联体协做好组织和宣传工作；在残疾人教育就业工作中，他积极参与按比例安排残疾人就业工作，组织盲人按摩职业技能培训及比赛；在办公室工作中，他与时俱进，不断提高自身办文、办会、办事的水平。七年中，他参与了"镇江残疾人事业"内容的年鉴编写，数据翔实、重点突出。2013年，他开始对镇江残联的历史资料进行整理，分门别类进行编纂，章节脉络清晰、泾渭分明，反映出新中国成立特别是改革开放以来镇江残疾人事业发展所取得的成就，为今后做好残疾人工作提供了可借鉴的历史资料。2012年8月，何卫获得镇江市"优秀慈善工作者"光荣称号，受到市委、市政府的表彰。

何卫，一位积极、乐观、敬业的退休干部，他从没有太多的奢求，然而他却为镇江的残疾人事业付出了很多，因此，我们更要向他学习！

原稿最初发表于《镇江残联》2014年第1期（总第19期）

用责任心传递大爱
——记镇江市肢残人协会主席黄天成

一支拐杖,陪伴他大半辈子;三寸粉笔,他挥写了 30 多载;荣誉证书,见证了他为镇江残疾人事业不懈奋斗的经历。

今年 55 岁的黄天成,是镇江高等职业技术学校的高级教师,兼镇江市肢残人协会主席。他钻研教育,热爱职教。同时,他还积极从事扶残助残的公益事业。他说:"我从事职业教育,感到幸福。我能够服务于残疾人事业,更是感到无上光荣和自豪。"

一

看见黄天成,给我印象最深刻的是他脸上洋溢着的灿烂笑容和积极乐观的人生态度。交谈中,时间不知不觉地过去了半个小时,我几乎忽略了他下肢的残疾和搁在一旁的拐杖。

黄天成小时候患上了小儿麻痹症并留下残疾,1978 年高考时,尽管总分超过重点大学录取分数线 76 分,但因身有残疾,所报考的院校并没有录取他。然而,他立志从教的决心却打动了当时江苏省教育厅的领导,经省招办特批进了镇江师专中文系。1981 年秋季,他走上母校十六中的讲台,成了一名中学语文教师。十多年中,他坚持教两个班级的语文,有时甚至教三个班级,兢兢业业、成绩显著。由此,他先后获得全国教育系统劳动模范、市级优秀党员、优秀教育工作者、青年优秀知识分子等光荣称号。1992年,他考上了江苏教育学院汉语言文学专业函授班,最终拿到了大学本科文凭。在课余时间,他不断地充实自己。1994年,他考取了南京师范大学古代文学专业在职研究生,并顺利结业。

进行语文教学的同时,黄天成还担任班主任、语文教研组长,办文学社、组织读书演讲。他十分注重用文学来熏陶教育学生,激发学生的学习兴趣,所教班级的语文成绩总是名列前茅。

1998年7月,黄天成来到镇江旅游学校,担任教科室主任兼党支部书记。作为一名残疾人,他时刻关注着身边的残疾学生,担负起扶残助残的那一份责任。那时,他班上有一个残疾学生,这个学生由于母亲难产,导致出生过程中大脑长时间缺氧而留下了残疾,说话很困难。黄老师鼓励这位学生要树立远大的人生理想,注重培养他扎实的文字功底。"同样有着残疾的境遇,让我倍加珍视与这个孩子的这份情感!"黄天成以亲身的经历激励这位学生要遇挫不折、勇于进取。针对这位学生爱好读书这一优点,黄天成推荐他参加校文学社。随着写作水平不断提高,这个自卑的学生开始变得自信起来,顺利读完了职高。毕业后,黄老师仍与这位学生保持联系,鼓励他从事文学创作。这位学生常常在报刊上发表文章,多次在征文比赛中获奖,生活变得丰富多彩。学生的父母常说,原来只想让他们的孩子读完初中就行了,没想到黄老师把他培养成一个"文人"了!

在教学生涯中,黄天成大多数时间都担任着班主任的工作。他始终坚持德育为先、育人第一,公平公正地对待每一位学生,用爱心温暖每一个学生,尽自己最大的努力帮助每一个孩子健康快乐成长。

有一位姓戴的学生性格叛逆,贫困家庭的思想包袱使他感到自卑和压抑。孩子的感情很敏感,内心很脆弱,动不动就和同学动粗。初二时,这个孩子辗转到了黄天成班上。刚开始时,他压根就没把这个"残疾老师"放在眼里。开学才过了两天,他就跑到街上的网吧玩游戏。黄天成只好拄着拐杖,一家家地找他。找着了,可小戴就是赖着不肯走。黄天成二话没说,站在旁边,拄着拐杖,一直等到深更半夜。夜深了,街上静寂少人,少年风风火火走在前面,黄天成拄着拐杖艰难地跟着。巷子里发出拐杖拄地清脆的响声,小戴放慢了脚步盯着黄老师,黄天成也不失时机地和他攀谈起来。在黄天成的悉心教育下,小戴渐渐地融入了班级这个集体之中,还当上了生活委员。如今,小戴在靖江一家民营企业任销售主管。在采访中,谈起成长经历,小戴通过手机由衷地对我说:"没有黄老师当年的耐心教育,就没有我的今天。"

二

提起黄天成,镇江的肢残人队伍中可谓无人不晓。由于他热心公益事业,乐于关心和帮助他人,在镇江的肢残人圈子里威信很高。2007 年,他被推选为第四届镇江市肢残人协会主席。2013 年又连续当选,成为第五届镇江市肢残人协会主席。"面对人生,我心坚强",这八个字激励着黄天成勇往直前。

他常常利用业余时间,开着残疾车,走巷串户,与肢残人交流、谈心,了解肢残朋友的困难与想法,向上反映他们的需求。只要有他在,他的身边就聚集着许多肢残人。屋内的气氛甚是欢快,他时而沉思,时而激情满怀,时而慢条斯理地向大家做着解释。他热情、有张力,他成了肢残人朋友们的知心人。正是凭着共产党员的使命感、责任感,以及对肢残人的拳拳关爱之心和一股不达目的不罢休的韧劲,他把镇江肢残人协会办成了肢残人朋友们温暖的"家"、肢残人朋友学习与交流的平台。

在担任镇江市肢残人协会主席期间,黄天成走访福利工厂,为肢残人朋友联系就业岗位。他帮助肢残人朋友学习电脑操作、驾驶汽车等技术,鼓励他们走自谋职业的创业之路。为了使残疾人协会更好地发挥作用,他联合镇江市残疾人五大协会冒着酷暑专门到句容开展协会调研工作,写出调研报告,为协会工作建言献策。在镇江创建文明城市的过程中,他积极向镇江市建设局、市文明办反映城市道路和建筑物无障碍设施建设问题,积极向镇江康复医院反映就医的残疾人停车难问题。他还为镇江市聋人协会开办了文明礼仪讲座,并协助镇江市盲人协会在镇江市图书馆举办了第一期道德大讲堂。几年来,他注意加强与常州、苏州等兄弟协会的联络与对口交流,不仅扩大了影响,而且增进了相互间了解。全国助残日、全国肢残人日、国际残疾人日等残疾人节日到来之际,他多次组织镇江市区的肢残人走上街头,开展爱心感恩服务活动,并到金山、北固山等风景名胜区开展游园踏青活动。在每年的春节前夕,他都会积极与贫困肢残人家庭取得联络,组织慰问组对镇江城区及郊区的贫困肢残人进行慰问。每到一户,都为他们送上慰问金、慰问品,并与贫困肢残人及他们的家人进行深入的交谈,详细询问他们的生活状况和家庭生活存在的困难,同时进行信息登记,以便于今后更好地开展扶残助残工作。在镇江电视台访谈节目中时常见到他的身影,他反映着肢残人的意见和需求,争取和维护着肢残人的合法权利。

"帮助更多需要帮助的人,是我的快乐;让全市的肢残人都幸福,是我的幸福。"黄天成如是说。他克服了数不清的困难,也收获了累累硕果。1992 年以来,他被镇江市政府"记功"一次,并被评为市级残疾人自强先进个人、十大优秀残疾人、优秀文明市民、残疾人自强模范。

三

文化是民族之根、国家之魂。文化生活质量是衡量人的生活质量和幸福指数的一个重要指标。广大残疾人应该和健全人一样,同样需要掌握知识、认识社会,同样需要通过参与文化活动愉悦身心、陶冶情操。黄天成说:"作为一名语文教师和市肢残人协会主席,我有责任、有义务对镇江肢残人进行文化素质教育,这对他们回归社会、适应社会会有帮助。"

定期开展丰富多彩的肢残人文娱活动,引导他们快乐参与,是黄天成开展协会工作的一项重要工作。"生理的残疾并不重要,重要的是用美丽的心灵去谱写壮丽的生命乐章。我满怀信心,努力创造,尽可能地做好服务残疾人这篇大文章,让残疾人朋友有所收获。"这是黄天成的肺腑之言。

2013 年 4 月,镇江市肢残协会在金山湖畔成功举办了"拥抱阳光,收获快乐"公益助残踏青活动,由康乃馨惠民服务中心工作人员、8090 志愿者、博爱车队组成的近百名志愿者共同参与了此次活动。志愿者推着肢残人朋友们的轮椅,使他们感受着春天的气息,并不时诵读由黄天成编写的小册子上的精品美文、中外励志名人名言。为了编制这本精编的小册子,黄天成付出了大量的心血,小册子中的每一篇散文、每一首诗歌、每一句名言都经过了黄天成的精心筛选。这次踏青美文诵读活动，受到中国残联相关部门的关注和好评。小小一本书，凝结了黄天成对肢残人朋友们的真挚友情。残疾人朋友阅读这本小册子，提高了自身的综合素质，感受到了生活的美好，增添了他们生活的勇气与希望，这又是黄天成最实际的奉献。6月，镇江市肢残人协会面向全市残疾人举办"我的梦"读书征文比赛，黄天成亲自担任征文大赛评委。他和其他评委们认真阅读每一篇参赛文章，经过几轮反复筛选，《梦想的力量》《光影无声，世界尽美》等一批优秀作品脱颖而出。其中，获一等奖的作品是《梦想的力量》，作者是被称为"镇江张海迪"的骆焱。

黄天成（左）为"镇江张海迪"骆焱颁发征文大赛荣誉证书

由于行动不便，很多肢残人朋友渴望能有一些报纸、杂志或图书送到家中，以便在了解国家大事、城市发展信息的同时,满足他们获得各类信息和求知的需求。2013 年第四次全国"肢残人活动日"期间,黄天成风尘仆仆来到句容,与华阳镇专职委员一同看望了农村肢残人兄弟姐妹,向他们赠送了 60 套图书,解决了他们的看书难问题,这一举措受到肢残朋友的欢迎。

黄天成(右)下乡慰问残疾人

黄天成身残志坚,他扶残助残的模范事迹,曾受到《江苏教育》《镇江日报》等多家媒体的报道,在镇江肢残人中间广为流传,也激励着更多的残疾人朋友自强不息、走向成功。

原稿最初发表于《镇江残联》2014 年第 1 期(总第 19 期)

"星星雨"后见彩虹

——记镇江市残疾人康复中心"南徐培智园"

"大爱之城"镇江的春天处处涌动着爱的暖流。南徐生态大道旁,绿叶叠翠、繁花似锦,景色如诗如画。镇江市残联综合服务大楼就坐落于润扬长江大桥旁,楼内一所集学前康复训练、教育教学、寄宿托管于一体的智障儿童、自闭症儿童、脑瘫儿童早期教育机构——镇江市残疾人康复中心"南徐培智园"在这里办得有声有色。

一

尽管医学界一直在从事着人类优生优育研究,但每年智障儿、残障儿的出生仍不可避免。在这个世界上,智障儿、残障儿的存在是不争的事实。智障儿、残障儿的未来令社会与他们的家长堪忧,特别是他们成人之后在康复、教育、就业等方面存在着诸多的困难。智障儿、残障儿同样是祖国的花朵,同样需要受到社会的关爱与精心呵护! 21世纪的中国,已经把发展特教事业摆在了更加重要的位置,如何让智障儿、残障儿能够和正常孩子一样接受教育,融入社会? 为了让他们能够得到良好的康复训练,进一步充分发挥潜能,2011年11月,镇江市残疾人康复中心正式创办了"南徐培智园",为镇江及周边地区中、重度智力障碍的儿童和自闭症儿童,以及脑瘫儿童提供了良好的康复训练平台。自创办以来,"南徐培智园"的专业老师们时刻都在用自己的真情和爱心,书写着感动古城镇江的故事。

那天,我来到"南徐培智园",采访了几位老师。坐在我面前的园长,名叫霍受燕,沉静的脸庞上,戴着一副宽边眼镜,眉宇间充满着自信。这个身高不足 1.6 米的老教师,如今已经进入知天命之年了。从 19 岁参加工作起,她就将特殊教育当作毕生的事业,扎扎实实、矢志不渝,一步一个脚印,倾心致力于她深爱的特殊教育工作,在特殊教育研究领域硕果累累,在镇江的教育事业上建树颇丰!2000 年以来,她被镇江市政府评为"百佳市民"、市级环保先进个人,所撰写的论文达 30 余篇,并且多篇论文在国家、省、市级评选中获奖,论文《智障孩子脆弱心理调适策略》荣获国家级二等奖,论文《叩开聋哑孩子发音说话的大门》荣获省级三等奖。2011 年 8 月,镇江广播电台举办智力障碍儿童康复训练知识讲座交流活动,她做了题为《给自闭症孩子插上语言翅膀》的主题演讲,受到镇江社会各界的广泛关注与好评。

"南徐培智园"智障儿童表演舞蹈《小蜜蜂》

二

"数据统计表明,在我国现有人口中,因各种先、后天性疾病引起的智残、智障人数已达 1300 万左右。对 0～6 岁的智障儿、残障儿应该加紧康复训练,如果贻误时机,就会加重他们的残疾程度,甚至使前期良好的康复训练毁于一旦,从而给他们的家庭和社会带来沉重负担。因此,一个城市建立开放的、社会支持的,集康复、教育、培训、助养于一体的智障者活动基地,很有必要!"

当我问起她当年决定办学的动机时,霍受燕说理由很简单,就是要为智障儿、残障儿"争得一个未来"。有一次,她在网上观看到一部奥斯卡获奖电影,叫《雨人》,影片中那个心算能力超常的"雨人",引发了她对自闭症患者的关注。她介绍到:患有自闭症的孩子,被叫作"星星孩子",他们从不关注周围世界,只顾和自己玩耍,他们"像星星一样纯净,也像星星一样冷漠"。当时供职于镇江市特教中心担任副校长一职的霍受燕,出于特殊教育工作者的责任感与使命感,想了解自闭症孩子康复训练的方法。她在书店里买到了一本有关自闭症方面的书,了解到自闭症孩子虽然治不好,但通过在日常生活中的教育,可以帮助他们养成一部分行为认知能力。2010 年 8 月,霍受燕正式退休了,本可以在家舒适地安度晚年,但打听到市残疾人康复中心要创办"南徐培智园",她便跃跃欲试,积极主动要求加盟,继续从事她热爱的特殊教育事业。她要改变镇江自闭症孩子们的残酷现实,扶残助残,将爱心善举的接力棒传下去。她原先是一名从事聋哑孩子教育的手语老师,现在手语教学却闲置了。虽说教育的本质没有变,但教育的对象、标准、内容、手段、方式和难易程度都发生了变化,这一切,对于喜欢自我挑战的霍受燕来说,是新领域、新平台。她抓紧一切时间上网搜索相关信息,到书店购买相关书籍,她要为智障儿童、自闭症儿童、脑瘫儿童的康复训练倾注自己的全部心血。

老师教孩子数数,从一数到十,得花大半年时间,你也许觉得不可思议吧!老师领着孩子手拉手转圈圈做游戏,这在正常孩子上的幼儿园,是无需老师来教的课程,在这里却要教上好几堂课;辨识各种水果蔬菜、穿衣、吃饭、系鞋带、分辨男女厕所、收拾房间等这些对于普通孩子来说十分简单的行为和举止,在这里都是一项"大工程"……每天,霍老师都带领她的团队,勤勤恳恳、任劳任怨地从事教学活动。一大早,她们就赶到学校,一直忙碌到傍晚才回家。霍受燕说:"在培智园中工作,我们每个老师都感到肩上的担子特别重,我们在这里的身份也变得多样,是老师,是保姆,有时还是医生。"霍受燕说,"培智园刚创办时,我感到训练这些智障孩子比原先训练聋哑孩子更吃力,更费劲。原先的教学模式和经验几乎用不上,一切都得重新摸索。"孩子们的生活完全不能自理,不会刷牙,不会洗脸,甚至不会吃饭,连大小便也不会啊!有时候,有的孩子整天哭闹不止。还有一些孩子,年纪虽小,但攻击性却很强,老师们经常挨他们的巴掌……尽管如此,霍受燕和她的团队不气馁,持之以恒地做了下去。她们对这些残疾孩子更加关心,更加体贴入微。霍老师尝试着"小步子,多重复"的教育模式,对这些孩子在学习和生活上进行"一对一"的"个训"。奇迹就这样一天天地发生了!记得那时有一个孩子,下课时他不去上厕所,上课时却把屎尿拉在裤子里,弄得满身都是。细心的霍老师观察到这个孩子是刚入学的新生,是不适应新环境的心理造成这个孩子内心的胆怯。于是霍老师就选了一名老师,每天下课时由老师带他上厕所。连续几个月的"个训"终于见效了,这个孩子的生活终于能够自理,并逐渐养成了良好的生活习惯。

三

所有"一对一"进行"个训"的孩子,在学习和生活上都取得了明显的效果。从苏北来镇江打工的张女士的儿子叫小黄。孩子三个月大时,医生却告诉她孩子患有先天性自闭症,这个消息让她和丈夫几乎绝望。小黄不会说话,吃饭、穿衣穿鞋所有事情都由张女士代劳。为了不让智障孩子的"标签"贴到自己的孩子身上,她带着小黄来到了"南徐培智园"。霍老师接受了这个孩子,无论孩子的反应如何迟缓,从穿衣吃饭到说话走路,霍老师一点一滴地培养着孩子的独立性。霍老师教孩子开口讲话,一遍遍地重复,从训练孩子的发音技巧开始,除了对口型、试鼻音外,她还矫正孩子的舌音。霍老师一开始用了几次压舌板,但效果不明显,后来干脆直接戴着手指套来帮助孩子矫音了。孩子流起了口水,常把她的衣襟弄湿一大片。霍老师还得帮着他揩口水、擦鼻涕,有几次,孩子紧咬霍老师的手指,疼得她冷汗直冒,等到孩子松开口时,她的手指已经青紫了⋯⋯功夫不负有心人,现在小黄不仅能开口说话、与人沟通,还能大声朗读故事书、背诵《三字经》,甚至还掌握了10以内的加减法计算方法。

对智障孩子进行语言和运动方面的康复训练,老师们在教学中尝遍了艰辛。语言康复训练时,他们往往一个词、一句话地念给孩子们听,反反复复,有时需要上百遍、上千遍。

比如老师们教智障孩子"季节"这个概念，要伸出手指打比方，领着他们读"春、夏、秋、冬"。但在智障孩子们眼里，"季节"的概念是何等的抽象啊！因此在各个季节来临的时候，老师们还要带领他们到户外去感受季节的变化，让孩子们真正理解"季节"的概念。这个教学活动的完成至少要花费两年时间。又比如，针对有的孩子在运动康复训练时只会走直线、不会拐弯的问题，霍老师就在活动室的各个角落，有规律地放上一个个瓶子，摆成一组组曲线，瓶子上各插上一面小红旗，让孩子们绕着跑。有的孩子做操手臂伸不直，她就帮着一个个地拉；做游戏不守规则，她就手把手地教。总之，每到上课，老师们总是想方设法设计出各种新鲜的方法，耐心地教育孩子们。

听过的故事，有的孩子基本上能复述出来；读过的课文，有的孩子们基本上能够朗读出来。看着孩子们一天天地长进，霍老师感到欣慰，她不断地鼓励他们："你真行，加油！"为了更好地取得培训智障孩子的效果，霍老师推出一系列灵活生动的教学活动。老师们带领智障孩子们，坐公共汽车，到金山湖、西津渡游玩，让孩子们亲身体验社会活动，用新颖的

霍受燕在公交车上开展"形象教学"

教学方式与孩子们进行交流、沟通，现场教他们认字、辨认水果。有一次，在户外教学活动中，公园中一个小商店里的桌上，一个果篮里放着 6 只苹果，而另一只果篮里放着 10 只

香蕉。有个孩子特别喜欢吃水果,霍老师就问他:"你告诉我这两个果篮里各放着什么样的水果?"这个孩子说对了,霍老师就让这个孩子给苹果、香蕉数数。霍老师启发他:"苹果和香蕉加起来一共有多少只?""16 只。"这个孩子终于说对了。霍老师买下了水果,当场数给孩子们看,并且分给在场的孩子。她一直不失时机地通过寓教于乐的方式,寻找着开启孩子们学好生活数学的一把把"金钥匙"。在户外的教学活动中,大多数孩子顺利地掌握了 20 以内的加减法。

0~6 岁是儿童大脑发育的最佳时期。对智障儿童及时发现,尽早诊断,适当进行早期干预措施,科学地进行康复训练,康复效果就会更好。"南徐培智园"现在有多功能用房、感统训练室、模拟超市、模拟家庭、个别化教育、资料室等十多个专用辅助室。在感统训练室里,有滚筒、网缆、滑板、独脚椅和平衡台等器材,孩子们每天在这里可以训练肢体和感观的能力。培智园还开设有游戏、社交、体育和美术等课程,孩子们的学习课程在这里被安排得很充实。10 名员工中有 5 名"行为训练"老师,他们经过了中国残联、江苏省残联多次举办的专业培训班的培训,积累了丰富的教学经验。加上教学设施领先,培智园使更多智障儿童、自闭症儿童、脑瘫儿童在学习和生活中得到了改观。南徐培智园本着"让残疾孩子知规范、懂礼貌、能沟通、会自理"的办学目标,"让这些不幸的残疾孩子快乐每一天,在快乐中学习,在快乐中成长"的办学宗旨和"简单、快乐、和谐、奋进"的办学理念,最大限度地帮助镇江及周边地区智能障碍儿童能够正常生活。

"南徐培智园"已有 5 名孩子进入普通幼儿园随班就读了。接受"个训"的近 30 名孩子,在学习和生活上都有着不同程度的进步,有的学会了吃饭,有的学会了走路,有的学会了说话,有的学会了计算……他们中的大多数孩子能够与家人进行沟通了!

随着越来越多的家长带着他们的孩子慕名而来。一种新的教学模式被尝试着,霍老师开始转变培训方式,由培训孩子变为培训家长。霍受燕说:"定期培训活动,主要是使家长的行为具有系统性、连贯性,从而使他们更好地和自己的孩子相处。培训之后,家长可以在老师的指导下为孩子进行一个阶段性的评估。"

霍老师说:"康复一个孩子,就等于挽救一个家庭!所以,我一定要坚持下去!"她充满信心,"只有坚持下去,才会给更多的残疾孩子带来更大的希望!"

原稿最初发表于《镇江残联》2014 年第 2 期(总第 20 期)

让"折翼的天使"也能飞翔

——记镇江市残疾人康复中心"小天使语训部"

潺潺流水声,嘤嘤鸟鸣涧。美妙的声音是大自然给予人类的恩赐。然而,生活在无声世界里的孩子们,他们的世界是寂静的,面对"两个世界,两种心境",镇江市残疾人康复中心"小天使语训部"的创办者和负责人张伟却用"同样精彩,同样幸福"来诠释自己对聋儿语训康复工作的理念。她说:"从事这个工作,都缘于我对聋哑孩子的爱!"

镇江市残疾人康复中心"小天使语训部"的聋哑孩子正在表演舞蹈《种太阳》

一

　　初夏的一天,我来到镇江市残疾人康复中心"小天使语训部",洪亮的朗读声从教室里传了出来:"人之初,性本善,性相近,习相远。苟不教,性乃迁,教之道,贵以专……"尽管聋儿孩子朗读《三字经》时,吐词还不是那么清晰,音调还不是那么规整,但这声音却清脆而洪亮。

　　位于南徐大道西延段生态大道旁的镇江市残疾人康复中心"小天使语训部",教学、生活设施齐全,附近环境幽美,绿树葱茏、花香宜人。语训部现有建筑面积近1000平方米,有语训教室、个训室、测听室、功能用房、厨房、寝室、室外活动场地等。我参观时,十多个孩子正围坐在一间宽大的教室里朗诵、唱歌。他们有的耳朵上戴着助听器,有的装着人造耳蜗,很难看出他们与正常孩子有什么区别。

　　小天使语训部的创办者和负责人叫张伟,是一位气质温文的青年女教师,举手投足间洋溢着青春的朝气,还有着为人师者的温和从容。"我一直有个心愿,就是创办一家聋儿康复语训部。现在,我要把我艰难创业的经过和人生经历,特别是这些年来教育康复这些聋哑孩子的教学方法和过程告诉你,通过你写出来,我要让社会上更多的人了解我们这项工作。让大家一同来关心爱护这些聋哑孩子!"张伟谈起了从事聋儿康复工作的人生经历,十几年前,她执着追求理想的青春记忆涌现在眼前。

　　2002年,年满20岁的张伟从浙江宁波只身来到了镇江。她租了几间民房,创办了聋儿康复中心,民房里放着10张小床、20个小凳子……张伟走上了一条崎岖而坎坷的公益之路。为了办好聋儿康复中心,张伟每天骑着自行车到聋儿家中,逐一摸底调查,一次又一次地动员聋儿上学。然而,聋儿家长对这个眨巴着水灵灵大眼睛的小姑娘,却投去不信任的眼光。经过她苦口婆心地劝说,聋儿家长只答应先带他们的孩子免费试听几节课再说。

然而,要教会一个聋哑孩子学会说话,却不是一件容易的事。聋儿因为听觉反馈功能的缺失,发音器官缺乏运用,常常把一个音发成另一个音,如将"老虎"说成"嗷武",尤其是声母容易出问题。加上说话时呼吸短促,不会适当地控制音量,说话又不善于换气、停顿,因此说话不流畅。比如把"飞机"说成"杯机"。更多的孩子由于各种原因常出现增音或减音,应有的音素发不出来,常常把声母漏掉。张伟就探索着每一个音的发音问题,后来她总结了声母 b、p、m、f、d、

老师们与聋哑孩子做游戏

195

t、n、l 等音的特点,成功地在教学中加以运用。

二

民间有一句广泛流传的谚语叫作"铁树开花,哑巴说话",可见教聋哑孩子学会说话是多么的不容易! 12 年来,张伟先后使 300 多名聋儿学会了说话,可谓历尽艰辛创奇迹! 如今,"小天使语训部"已成为镇江市残疾人康复中心的一个重要康复部门。当初,把这个聋儿语训部门取名为"小天使语训部",张伟说:"他们是折翼的'小天使',只是翅膀受了伤,我们要帮助他们!"

在语训部,我和一些聋儿家长体验性地上了几堂课,老师们一遍遍地教孩子们读着"幼儿园"这个词,然后孩子们跟着老师们朗诵:"幼儿园,像我家。老师爱我我爱她,老师爱我好娃娃……"老师们拉起孩子们的手,让他们感受自己发音时鼻、喉及舌的颤动。为了让聋儿发好"像"这个字的"气流音",她们发给每个孩子一张纸,让孩子们感受"像"这个字发声时,气流对纸产生的冲击。很多发音方法都是老师们从教学中摸索出来的。比如"香蕉"的"蕉"字,声母音是"J",如果孩子学会了发"IAO"音,按住舌头,发出的音就是"DIAO——"张伟老师根据她多年的经验:发"J"音时,舌面抬起抵住硬腭和齿龈,然后舌面放松,摩擦出声,发出"鸡"音,此时发出的音为本音。舌位对了,口形对了,发"蕉"音时自然也就对了。张伟探索出了一整套的聋儿语训方法,受训的聋哑孩子终于学会说话了。如今,在"小天使语训部"里接受语训和学习的聋儿,只要符合相关规定,都可以享受到国家项目优惠。聋儿受到政策的照顾,有些助听器、耳膜等物品都是免费发放给聋儿的。

在张伟的教育理念中,聋儿不仅仅需要康复训练,还需要接受"礼"与"仪"的教育,需要训练,更需要涵养。她在语训部开展的国学教育《三字经》等的教学中,贯穿着礼仪理念,要求他们认真写字,追求字规范,追求字好,追求字美。近年来,张伟矢志不渝,一直坚守着对特教事业的执着和追求,在镇江的特殊教育界建树颇丰!

三

张伟告诉我:"正常人的听力能听到的最低声是 0~20分贝。聋儿由于种种原因,听力有着不同程度的障碍,但通过安装人造耳蜗或佩戴助听器,可达到 30~50 分贝。不过,毕竟聋儿出生后,一开始缺少对有声世界的聆听,加之听力恢复也有欠缺,聋儿若想要有正常的语言能力,必须经过专业的康复训练。"

在"小天使语训部"接受训练的孩子大多数是本地的,但也有外来务工人员的子女,他们来自浙江、江西、云南。语训部现有教职员工 9 人,对 0~6 岁的 30 名听力残疾儿童实施康复训练。家住丹徒新区的小豆豆已经四岁,来语训部也快两年了。两年来,一大早,奶奶就风雨无阻地送她来,自己则待在一边守候,直到傍晚再接她回家。张伟说:"聋儿们的家长都很辛苦,也很不容易。我们专门准备了一间教室,供他们'陪读''休息'。"聋儿小朱,平时一直与爷爷、奶奶生活在一起。村里的孩子追逐着小朱,一个劲地喊"小聋子、小哑巴",做爷爷奶奶的心痛不已! 他们把小朱送到语训部。几个月后,奶奶来到语训部看望孙子,当看到孙子指着图画书中的插图清楚地说出"苹果""香蕉"这些词时,奶奶简直不敢相信自己的耳朵。接回家后,她带着孙子走村串户,让小朱一遍遍地说"苹果""香蕉"给亲戚听,奶奶站在一旁,眼里闪烁着激动的泪花……我在"小天使语训部"走廊上还见到了五岁的漂亮姑娘小王,她是本市人,十个月大的时候,因患重感冒,在医院就诊时注射了几天的链霉素而导致耳聋。每到周末,小王看到许多小朋友被父母接走了,觉得自己挺孤单的,张伟总是默默地陪伴在她身旁。现在,小王只要一看见张伟,就会张开小嘴甜甜地叫着"张老师,张老师",笑声中流露出的欢乐,让张伟感到欣慰!小王告诉我:"张老师像妈妈一样疼她,爱她!"现在,她把这里当成自己的"家"。聋儿们从刚来到语训部时不会发一个音、不会说一个词,到如今可以喊人,进行正常的交流、沟通,可以从 1 数到 100,可以背三字经、背唐诗、讲故事等,这一切需要老师们付出多少心血和努力啊!

痛苦着孩子们的痛苦,快乐着孩子们的快乐!12 年,4300 多个日日夜夜,张伟一天中的大部分时间都待在学校里,以一个残疾人工作者与生俱来的悲悯情怀,呵护着这些因各种原因背负人生苦难、不远千里来到她身边的孩子们。24 岁的潘贞铮 2012 年毕业于南京特殊教育职业技术学院。上中学时,她很同情一个患有自闭症的同学,便立志成为一个助残志愿者。因此,她后来选择了这所名闻遐迩的"全国残疾人职业教育师资培训基地"。潘老师在教学中开展听力描述训练,她把蚊子、蟋蟀、蜻蜓、大米等标本粘在本子上,教聋儿认知并复述,"情境教学"取得了良好的效果。潘贞铮说,听障孩子把一种事物和其名称发音联系起来,要比正常孩子困难得多。比如,像鞋子这种教正常孩子一遍就会的词语,教聋儿要80多遍,甚至上百遍。为此,老师们要不断重复一个词的发音,在聋儿听力语言康复训练中,要不断提高语言的复现率。为此,潘老师每天讲得口干舌燥,要喝上七八杯水。

0~6岁是儿童大脑发育的最佳时期,对聋儿适当进行早期干预,科学地进行听力语言训练,并采用生动活泼的教学形式,康复的效果就会更佳。张伟让老师们带领聋哑孩子们到南山、西津渡等景区游玩,让孩子们亲身体验社会活动,在活动中尽可能多地与孩子们进行语言交流、沟通。近年来,语训部的老师们多次参加中国残联、江苏省残联举办的培训活动,与兄弟学校开展康复经验交流,再加上领先的教学实践,因而使更多聋儿在学习和生活中得到了改观。语训部每年数次邀请南京华澳听力语言康复托养中心的创办人、"感动中国十大真情故事"中的"漂亮妈妈"陈卉来镇江,为家长和教师们进行专题讲座,传授自身多年的听力康复培训工作经验和对聋儿康复教育的认识。这些讲座令家长们受益匪浅,也提升了语训部老师们的康复技能水平。

坚持和付出,终究会有回报。"小天使语训部"从创办以来,已有20多名听力障碍孩子通过康复训练和听力测试,语言水平达到三级或四级,能够正常表达交流,进入普通学校。江苏科技大学附属小学四年级的果果,三岁来到"小天使语训部"进行康复训练时还不会讲话。果果父母都是谏壁小学的教师,他们从教多年,培养了一批又一批的孩子,可是面对自己的孩子却无能为力。张伟老师亲自授课,进行一对一的个别化康复训练,果果顺利地回归主流教育,进入美美幼儿园,2010年进入正常小学上学。在金坛市第五中学上九年级的一凡,是"小天使语训部"的早期学员,现在成绩优秀……"我就觉得当初付出的努力,没有白费。"张伟说到这句话时,眼里闪烁着激动的泪花。

"医教结合,强化口语表达,注重沟通交流,突出实际应用"的康复理念与模式,使语训部绝大多数聋儿在快乐之中得到了康复。对于学生家长来说,听力障碍的孩子会说话已是奇迹了;可是对于张伟来说,她的目标不仅仅是让听力障碍的孩子学会说话,还要让孩子养成良好的学习和生活习惯,将来能够自食其力,做一个对社会有用的人!

原稿最初发表于《镇江残联》2014 年第 3 期(总第 21 期)

让小乐乐开口"说话"变为现实
——东方浩歌访谈录之李爱琴篇

　　李爱琴是一位普通的母亲,她有着一个可爱的女儿,叫乐乐。为了把双耳失聪的女儿乐乐培养成才,通过三年在"小天使语训部"为女儿陪读的经历,她自学、归纳与总结出自己的一套康复和培训聋哑孩子的教育方式,并孜孜以求,把理论知识付诸实践。母爱又创奇迹,现在她的女儿乐乐已顺利地进入桃花坞小学上学。她还竭尽全力,为了康复和培训与乐乐有着同样命运的聋哑孩子而不懈努力!我的采访就在她对于成功的理解中慢慢地展开,许多不为人知的故事,也由李爱琴娓娓道来。

李爱琴和她的女儿乐乐

　　李爱琴（以下简称"李"）：见到你，非常高兴！没有见面之前，我曾在《镇江残联》杂志上拜读过你的文章，还有0511梦溪论坛"风雨同行"上的帖子。你的帖子关注残疾人的民生，网名叫作"东方浩歌"的发帖人应该就是你吧？

　　东方浩歌（以下简称"浩歌"）：是的，李女士。我也一直有所耳闻你培训和康复你的女儿，并且取得了良好的效果！你的成绩已经引起许多聋儿家长和媒体的注意，只要提起你，他们准会跷起大拇指，对我说："乐乐妈妈了不起！"闻名不如见面，有人说，家庭是孩子的第一课堂，父母是孩子的第一任老师，这两句话不仅仅适合于正常孩子，同时也适合于患有残疾的孩子，请介绍一下你和孩子的情况。

　　李：我的真实姓名叫李爱琴，因为我的女儿乐乐是个戴助听器的孩子，认识我的人一般不知道我的名字，甚至于不知道我姓什么，他们习惯于叫我"乐乐妈妈"。2008年1月，我可爱的女儿乐乐降生了。孩子出生三天的时候，带她到医院做听力筛查就没有通过。当时医生说话很委婉，只说孩子有可能是听力发育迟缓，三个月以后来医院复查，如果三个月后听力筛查还是不通过，就有可能是先天性的听力障碍了！出院后，我们家里人的心情并没有因为医生所说的话而受影响，坚信乐乐的听力是好的，没有任何问题。在家里，正常地和她说话，不管她有没有反应，我们总是放音乐、儿歌给她听，抱她出去感受外面的声音。乐乐是农历腊月出生的，直到春节，外面烟花爆竹的声音一直不绝于耳，把睡梦中的我都吵醒了好几次，而乐乐的小床就靠在窗边，外面那么响的爆竹声，却没有吵醒她，她安然入睡！我开始紧张、怀疑，更感到焦虑……三个月很快就过去了，我带乐乐去医院复查，但这一次听力筛查还是没有通过。长达一年之久，我奔波于南京、上海各大医院,给乐乐挂专家号,多次进行各种检查,总希望能看到一次好的检查结果,能让医生告诉我乐乐的听力是没有问题的。但无数的专家经诊断后给出的结论是:乐乐为先天性听力障碍——前庭导水管扩大综合征,听力只有 90 至 100 分贝,唯一的希望都变成了泡影!

浩歌:那么,你又是怎样从困境之中走出来,从生活的谷底一点点看到希望的阳光?

李:伤心失望痛哭之后,该面对的还是要面对,毕竟生活还要继续。既然不能改变现实就要自己学着去接受现实,总要去面对现实,勇于挑战自我,不再存有侥幸心理,逃避永远不是办法。于是我开始了让乐乐开口讲话的漫漫历程。一开始我手足无措,不知道聋儿需要语训康复,就连乐乐需要佩戴什么规格的助听器都感到茫然!后来,我在《扬子晚报》上看到一篇关于聋儿康复的报道,通过报社找到了当事人。他们向我推荐了专门针对儿童听力障碍研发的"峰力"品牌助听器。听了什么"专家"的建议,国内听障孩子一般是一周岁后佩戴助听器,因此乐乐直到 2009 年 5 月才戴上了助听器。现实是孩子越小佩戴助听器康复效果越好,也就是常说的"早发现早干预",到现在我还有点自责,要不然乐乐的听力的康复效果会更好。佩戴一段时间,适应以后还需要语训。但这些我却一无所知,周围也没有这样的孩子,没有经验给我借鉴,我也不知道镇江有聋儿康复语训的部门。通过电脑上网,我开始查找相关网站,在网上留言,向有经验的聋儿家长和资深人士咨询、学习、请教,与他们互动,并在网上寻找语训学校。工作之余,我去了南京两家语训机构。当时乐乐太小,我的工作又比较忙,这么小的孩子在外地语训,家长必须陪读,当时对于我来说是不可能的。终于在多方打听下,乐乐在 2009 年 10 月下旬进入镇江"小天使语训部"。

浩歌:孩子既然已经失聪了,你是怎样在家庭中对她进行康复训练的?

李:那时,乐乐放学回家后,老师要求进行巩固性训练。但我缺乏这方面的相应知识和方法,看着眼前可爱的小女儿,想着如果她无法正常听说,今后将如何生活。我不能放弃,一定要努力去做。送乐乐上学时,一位在康复中心工作的老师就提醒我,要利用小乐乐残余的听力,着手进行康复训练,否则就错过了 0~6 岁的最佳时期,今后也难以弥补。于是我开始使用一切方法对女儿进行发声训练,敲锣鼓、在物品上贴汉字等,一次次把女儿的视线引到自己的嘴形上,让女儿感受我发音时声带的震动。几个月过去了,有一天,我下班回家像往常一样教女儿说话,乐乐突然非常清晰准确地喊出了一声"妈妈"。我简直不敢相信自己的耳朵,正在厨房做饭的丈夫也冲过来,我们一家人兴奋地抱在了一起。这说明聋儿的语训康复是很重要的,也是必要的。

浩歌:你知道,如果放弃了对孩子的康复训练,孩子就没有一个好的将来。你又是怎样努力,默默地坚持呢?

李:2009 年 12 月,为了乐乐的教育,和家人商量好,我干脆辞去了工作,一切从头开始。白天上网浏览寻找相关的参考资料,兼顾照应家里;晚上,只要是在家,每天陪乐乐 2 个小时,复习巩固白天老师教的内容并用我在网上查到的知识来教乐乐。随着时间的推移,乐乐在学校里的康复效果表现受到了老师和家长的赞扬,同时也引起了镇江市残联领导的关注,这也说明我的辛苦付出终于有了回报。老师和家长的共同努力是密不可分的,我觉得老师很辛苦,听障孩子又多,在师资力量不足的情况下,家长更要加强孩子的家庭康复教育训练。

浩歌：2012 年镇江残联开始启动"护苗行动",市残联工作人员与残疾孩子结成帮扶对象,对你的孩子在生活和康复上的帮助大吗?

李:2012 年镇江残联首届"护苗行动"拉开序幕,在康复处蔡主任和张老师的推荐下,乐乐有幸在此次活动中和印明理事长结成帮扶对象。接下来,市残联又帮助乐乐换上了最新的助听器,在空闲之时,印理事长总不忘来看望乐乐,老师们很认真地对乐乐进行康复训练,为乐乐每天上单训课。我对乐乐的要求和其他的家长不一样,对乐乐发音的清晰度要求较高,我不仅要求乐乐会说,而且还要说得清楚。因为乐乐的听力是前庭的原因,她的低中频还好,高频很差,而那些高频的音就连当时小天使语训部的老师也没有办法让乐乐说出清晰的词语。这一点,有几个家长和老师都说我要求太高了。眼看着乐乐就快到上小学的年龄了,她的发音还不清晰,我心里很着急,助听器验配师介绍了一家语训机构,我先后去了新的语训学校五次,和校长进行了沟通、交流,并实际

印明理事长(右)与"护苗行动"中结对帮扶的孩子乐乐

观摩了学校的教学。乐乐在 2013 年 4 月就转到外地去语训了。虽然只有八个月的语训,乐乐发音的清晰度有了明显的提高,而且在学习能力、习惯和生活自理方面也有了飞跃式的进步。2014 年 3 月,由于镇江残联领导对聋儿康复事业的高度重视,从外地引进了有教学特色的语训老师,5 月 16 日挂牌成立了润州区残联聋儿语训部。在市残联的帮助下,乐乐又回到镇江上学了。在这段时间里,新语训老师不仅帮助乐乐巩固和加强了语训知识,让乐乐全面拓展,在德体智美劳的发展上也有了进一步的提高。

浩歌:乐乐就读于镇江市残联聋儿康复中心语训部的这段时间,孩子有哪些收获?

李:这段时间,无论是在经济上,还是乐乐的学习培养上,市残联对乐乐和我们一家人的帮助和支持都很大,我很感激,内心十分感谢!市残联专门聘请南京的陈卉校长和北京的万选蓉教授来镇江给我们家长讲课,市残联邀请我们家长免费听课。要知道在外面听这样的专家上课费用还是蛮高的,市残联领导对聋儿康复教育事业的重视程度可见一斑!南京华澳聋儿康复中心陈卉校长来镇江多次举办家长课堂讲座,让我们聋儿家长改变了对孩子的教育观念;聋儿康复专家万选蓉教授举办镇江聋儿康复论坛,她传授的知识让我对聋儿康复教育事业有了重新的认识和理解。同样是聋儿的家长,教育出优秀孩子的案例在我身边,说明聋儿的康复程度与家长的付出是成正比的,也让我对这项事业充满了期待和信心!

浩歌:你对乐乐还有哪些个性化的培养?

李:乐乐进行康复训练的同时,我让她学习了拉丁舞和绘画。拉丁舞是为了培养乐乐良好的气质和站姿;学画画是为了拓展乐乐的思维,增强她的空间想象能力。作为兴趣爱好,跳舞和画画,我对乐乐都没有过高的要求,只要她喜欢学,我会一直让她学下去,况且现在乐乐还是蛮喜欢学跳舞和绘画的。只要是学过的东西,她回家后就要当老师教我们呢!虽然乐乐有点听力障碍,但是其他各个方面不比健全孩子差,相反还比他们懂事呢!我们感到非常欣慰!

浩歌:你对今后有哪些计划和想法?

李:《圣经》里说"上帝为你关上一扇门,也一定会为你打开一扇窗",这句话用在有听力障碍的人身上,是极其恰当的。我发现我所接触的聋儿或是聋人,在某些方面的表现是高于普通健全人的。虽然大家都说,他们在残疾人群中是最容易融入主流社会的和被大家所接受的一类人,但是现实往往与愿望相反,这一点我是深有体会的。今年,乐乐上小学了,当我接到乐乐的"入学通知书"时,我才稍稍松了口气。回顾我陪伴乐乐语训康复教育的点点滴滴,心里感触颇深。通过我对乐乐的康复教育,对聋儿康复教育积累的一点点经验,对目前语训模式的一点点看法,我想利用本身就是聋儿家长的身份,积极参与市残联的聋儿康复工作,为聋儿及聋儿家长竭尽全力做事,让家长们充分重视聋儿康复家庭教育。聋儿的康复不仅仅要依靠老师的力量,家长也要积极参与进来,要配合老师共同进行康复教育。要让镇江的聋儿康复教育事业引起更多的家长和社会人士关注,让更多的人们来关心、爱护这些听力障碍儿童,让他们阳光健康、快乐成长!

原稿最初发表于《镇江残联》2014 年第 4 期(总第 22 期)

向幸福出发

——记镇江夫妻版"旭日阳刚"范金荣和狄文伟

在自己开设的"花山湾照相馆"里聊到兴起时,范金荣索性将一条腿盘起来,压在另一条残腿上,上半身靠在轮椅靠背上,热乎得跟老熟人似的,嘴里呵呵笑个不停,面对多种话题有一说一,爽直的个性表露无遗。早听说他是一位热心人,与人谈得来处得来。狄文伟在一旁不时地插话,夫妻俩说东扯西好不快哉,采访就在这种热烈的氛围之中开始了。

他

今年51岁的镇江人范金荣小时候得过小儿麻痹症,导致双腿瘫痪不能行走。稍微大一些的时候,他学会了用双手撑着小板凳挪动着身体一步步"走"路,父母背着他上完了小学,推着他的轮椅上完了中学。那条长长的求学路,成为感恩父母养育之恩的温馨回忆。成年后,范金荣想到自己应该自食其力,不能再拖累父母,就在城市里四处漂泊,学会了敲铁皮、补锅子,在家门前的巷子口开始了他的营生。一位记者路过白铁摊时,颇为感动,写了一篇《路边敲白铁的残疾小伙子》的稿子,登载在了《镇江日报》上。又过了几年,他又与几个残疾朋友合伙,开办了一个生产纸箱的小作坊。范金荣虽说是厂长,但每天还得摇起手摇车去跑销售,甚至累到尿血。小作坊终因销路不佳,破产倒闭。

纵然世事艰辛、命运多舛,范金荣依然乐观坚强。1990

年,有一位多年从事彩扩生意的老板,从上海来镇江开店,店面就开在范金荣的家门口。他与这位老板很投缘,一来二去,俩人混得很熟,范金荣帮彩扩店老板打工,彩扩店老板教他照相、洗印技术。后来,范金荣自己在西津渡古街上开了一家"星河彩扩社",有七八平方米的门面,总算能够维持生计。

"男大当婚,女大当嫁。"1993 年,范金荣在一张电视报的夹缝里看到一则"征婚启事":某女,27 岁,身高 1.65 米,离异,带一女孩,重感情,欲觅重感情的人为友。于是,他抱着试试看的态度,极其真诚地写了一封应征信,告诉她,自己是一个残疾人,但生活能够自理,可以自食其力,热爱生活、热爱文学,并附上一张照片。信寄出去个把月,音讯全无。就在范金荣等得心灰意冷的时候,一天,突然收到她的回信,坦诚自己也是一位文学爱好者,想和他做个朋友。他高兴得心都快要从喉咙里跳出来了,但转念一想自己这样的身体状况,她能接受吗?约会的那个晚上,狂风大作,大雨滂沱,漆黑的天空响着闷雷,闪电划破了苍穹,范金荣几乎淋成了落汤鸡,也没有见到对方的踪影。半个月的光景悄然过去,他总算收到她的第二封回信,约定第二次见面的时间和地点。然而第二次约会的那天傍晚,天上乌云密布,一会儿又下起雨来。那个晚上,没有刮风,没有电闪雷鸣,但雨却一个劲地下。范金荣穿着雨披坐等了一个多钟头,连她的影子也没有见到。以前通讯还不是很发达,不像现在有手机、QQ、微信等,联系起来方便。对方又一次音讯全无……

俗话说"好事多磨",来年的春天,阳光明媚的一天,本以为无缘相见的范金荣却意外地在自己的照相馆见到了找来的狄文伟。以后的岁月,读者朋友们也能猜出八九分,他们谈文学、谈人生；看电影、逛公园；她向他学习摄影，他接送她的女儿上学、放学……当年狄文伟在报纸上刊登了一则征婚启事后，收到的来信达 300 多封，其中唯一应征的残疾人就是范金荣，他面对生活乐观向上、自强自立的态度，使她印象深刻。范金荣最终用自己的实际行动，打动了这位从苏北来镇江打工的女子的芳心。

她

1994 年，范金荣和狄文伟喜结连理。照相馆所在的新河路面临拆迁，夫妻俩只得将店开到花山湾，创办了当时市区独一无二的创意"老照片婚纱艺术照"照相馆。只要顾客提供老照片，无论是黑白、彩色，还是有折损的照片，都可以根据他们的要求进行修饰、置景，创意成现代婚纱艺术照。由于女主人的加入，这个不起眼的小店经营得红红火火。

结婚十年后，他们的儿子范海东出生了。出生时孩子很健壮，大嗓门的哭声带给一家人无尽的喜悦与欢乐！然而，孩子到了四岁时，视力逐渐变得模糊。狄文伟带着儿子到上海一家大医院就诊，经过"核磁共振"的检查，发现脑子里有一个鸡蛋大小的肿瘤，正压迫着小海东的视神经，也威胁着孩子的生命！得知诊断结果的那一刻，狄文伟的泪水夺眶而出，精神也快要崩溃了。"救救孩子吧！"她拉住大夫的手，久久不松开。大夫告诉她，纵然有万分之一的希望，他们也会努力去争取！医生告诉她手术虽能摘除孩子的脑瘤，但术后会给孩子留下后遗症！脑垂体是分泌生长激素的器官，手术也许会造成脑垂体的损伤，进而影响孩子的生长发育！夫妻俩借遍了所有的亲朋好友,又拿出平时辛苦积攒的全部积蓄,凑足了十几万元,在上海顺利地完成了手术。术后第一年,狄文伟往返于镇江与上海之间,定期到医院内分泌科为孩子检测生长发育指标。狄文伟记得那年的冬天,她最不愿看到的孩子手术后遗症终于发生了:由于孩子摘除了脑瘤造成脑垂体受创,不再分泌生长激素,孩子的身体不再长高。狄文伟努力控制着自己的情绪,问大夫该怎么办。大夫说,只有依靠药物维持了,每天除了吃药,还必须打针,不然的话,孩子将来变成一个小侏儒就惨了!然而,每天100多元一针的人造生长激素要用到孩子18岁,这对于一个早已一贫如洗的家庭来说,是多么庞大的一笔开支啊!这一次,狄文伟没有哭,面对苦难深重的家庭,她毅然决然地选择了不逃避的生活态度。哭,有什么用?眼泪,有什么用?她要用自己勤劳的双手改变孩子和这个残疾家庭的命运,从此,她就像一台开足了马力的机器,不知疲倦地付出着。每天除了悉心照料残疾的丈夫与患病的孩子外,不分白天与黑夜,到处打工!后来她在菜市场做起了小生意,在天寒地冻、北风呼啸的天气情况下,她仍蹲在路边卖小鱼小虾!

家庭助残的力量,圣洁的母爱之光,狄文伟用感天动地的无限爱心和耐心,为丈夫和儿子撑起了一方无雨的天空。

夫唱妇和

2010年,狄文伟感到有一股汹涌澎湃的激情在胸中激荡。生活里没有歌声就像没有阳光一样,她要让沉闷的家庭气氛焕然一新,让生活充满阳光!夜深人静的时候,狄文伟把对人生的坎坷、对艰辛生活的感悟记录下来,她开始创作歌曲！歌曲创作是要有音乐功底的，而狄文伟只有小学文化，也没有音乐功底，创作起来的确有不小的难度。当然，丈夫是文学爱好者，两人合创歌词倒不是难事，范金荣为歌曲作词可以说是信手拈来。但如何为创作的歌词谱曲，让狄文伟犯了难。范金荣眼珠一转就想出一个好主意，他让狄文伟把哼唱的歌录在手机上，然后再反复揣摩、修改，直到最后敲定。从此，在病房的走廊上、在自家的院子里，每当灵感上来，狄文伟便即兴对着手机低声吟唱，录下自创歌曲，循环播放，反复修改，直到熟记于心。

四年间，她创作了《圆梦》《用梦疗伤》《逆境中飞翔》等20多首励志歌曲。一家三口学会了歌词及旋律，就经常在家举办家庭音乐会。范金荣担任独唱，他嗓音浑厚，常常引得店外来来往往的路人们驻足观看，连连喝彩。小海东也从欢快的歌声中得到正确人生观的启悟，磨炼出乐观向上的意志，这令夫妻俩感到欣慰！小海东健康成长，2010年，孩子顺利进入花山湾小学上学。

也是在2010年，两位流浪歌手组成的音乐组合"旭日阳刚"，红遍了大江南北。狄文伟脑海中，忽然萌生出一个创意，孩子放暑假后，一家三口即刻动身，他们来到了首都北京，仿效"旭日阳刚"，在地铁站卖唱，为孩子筹措医疗费的同时，到大医院请专家为孩子复查。夫唱妇和，他们最大的愿望是能把自己作词作曲的歌唱给人们听，让更多的人知道他们的故事！网络拍客将他们唱歌的照片、视频传到网上，他们受到不少网友和音乐人的追捧，他们一下子火了起来，红遍网络。

圆梦大舞台

2011年6月,范金荣得知浙江卫视有一档节目叫《中国梦想秀》,是老百姓圆梦的舞台。他拨通了栏目组的电话,编导们也早已在网上知道了他们顽强不屈的故事,就准备做一档关于他们的节目。著名主持人朱丹悄悄来到镇江,前期拍摄就选择在花山湾照相馆门前。路人围上来凑热闹,狄文伟走出照相馆一看究竟,被朱丹一眼认出,狄文伟才恍然大悟,原来是栏目组来镇江制作节目了!6月11日晚,一个激情之夜,1000多名观众的目光齐刷刷地聚焦在《中国梦想秀》大舞台上,他们一家三口走上了圆梦的舞台,丈夫唱歌、妻子作曲、孩子伴唱:"我们乘火车驶去北京,为的是我们心中的梦!……看前面的道路遥远,路漫漫直向前延伸!要沉着坚定——孩子和爱人!我们的梦想定会变成真……"一段段辛酸往事,浮现在狄文伟的眼前,她紧紧拉住轮椅上范金荣的手,泪水划过脸庞,他们互相凝视着,深情地望着对方……当主持人朱丹再次邀请小海东清唱这首歌时,台下早已泣不成声!2012年5月13日,他们一家人被邀请走上了中央电视台《向幸福出发》的栏目舞台。他们接受了著名节目主持人李咏的采访,讲述他们自己的故事,唱响心中的歌,倾诉一个坎坷家庭不屈的誓言!那天晚上他们光彩夺目,圆梦央视大舞台!

一年来,夫妻俩每天早早起床,然后来到金山公园门口的空地上,狄文伟拉着轮椅上的范金荣跳起了"轮椅华尔兹",他们一方面是为了锻炼身体,另一方面是为了提高自

范金荣（左二）一家人接受央视主持人李咏（右一）等采访

镇江夫妻版"旭日阳刚"范金荣（右）和狄文伟（左）表演"轮椅华尔兹"

身的舞蹈艺术素养,充实自己的生活。他们的"轮椅华尔兹舞"常常赢得围观的路人阵阵掌声。在镇江 MY0511 论坛上,一则名为"轮椅上的舞伴"的帖子让他们再度红遍网络,镇江相关媒体进行跟踪报道。率先在江苏省成立的镇江市残疾人艺术团也正式向他们发出邀请,并吸收他们成为艺术团成员。谈到未来,范金荣深情地告诉我:"面对生活,今后我们会一直乐观地走下去,向幸福出发! 现在,我们自己的组合取名为'风雨阳光',最大的愿望就是去参加'星光大道'!"

原稿最初发表于《镇江残联》2014 年第 5 期(总第 23 期)

你是我的眼

——盲人女青年栗娇娇的故事

生命是五彩斑斓的，就像天空有阳光，也会有阴霾；有欢歌，也会有泪水！栗娇娇，是镇江的一位盲人女青年。三年前，她突发眼病导致双目失明，生活一下失去了光明，她陷入了深深的痛苦和绝望之中。后来，她遇到了如意郎君朱昌盛，一位盲人姑娘和她的白马王子演绎了童话般的爱情故事，感人至深！相爱的人也许今生今世都无法相见，但在丈夫朱昌盛心中，栗娇娇就是她最美的妻子！并且许下诺言："此生无悔，我要爱你一生一世！"栗娇娇用优美的歌声唱出了她的心声："你是我的眼！"

盲人女青年栗娇娇（右）与丈夫朱昌盛

一

栗娇娇新婚的家,掩映在京畿路小街道旁的梧桐树丛中。走进寓所,扑面而来的是别致和温馨。我采访她的那个上午,深秋的阳光洒进窗棂,朱昌盛正搀扶着她,迎面走来,坐在我面前的椅子上。栗娇娇容貌端庄,淡雅的装束中透露出刚毅与从容,采访就从与这对小夫妻的交谈中开始了,我在盲女栗娇娇凄婉动人的故事中,了解到了她别样的人生经历。

二

"我虽成了盲人,但我要不断努力,使自己成为一个自信、自立、自强的人!"这是这位聪明美丽的女青年的开场白。时间一分一秒地过去,栗娇娇那质朴的话语和她对生活火一般的热情,深深地打动了我!

1986 年,栗娇娇出生于镇江。2004 年,花季般年龄的她,只身一人到上海打工。上中学时,她曾是一个品学兼优的好学生,凭着自己的实力,她完全能够考上大学,继续读书,走好人生的每一步。但由于父母离异,她再无心学习,而萌生了外出打工的念头,她要自食其力。"也许发生的一切都是命中注定的,那时我即使不离开家乡,也逃避不了因病致盲的人生命运!"

刚到上海时,她到一家餐馆当服务员,平时省吃俭用,积少成多,几年下来积攒了一定的积蓄。栗娇娇曾经交往过一个上海的男朋友,男友对她爱护有加,初涉爱河的栗娇娇感到无比幸福。2009 年 3 月,她在男友的帮助下,在南汇区三八路上开了一家名叫"靓点"的个体服装店,生意非常红火,栗娇娇起早贪黑,忙碌不停。个体服装店经营不久,栗娇娇有时感到双眼发胀、头疼。她以为可能是过度劳累造成的不适,也没有理会。慢慢地,她感觉到双眼视力模糊,后来变得越来越严重了,以至于看不清东西。她到上海五官科医院就诊,经过眼科医生的检查,被诊断为"白塞氏病葡萄膜炎",意味着她的双眼有可能失去光明!

医生说,这是一种极为罕见的眼病,很难治好。对于一个正值大好青春年华的女青年来说,这无疑是一个非常大的打击,她先后在上海、南京、北京、合肥等地四处求医,即使只有一线希望,也从不放弃,但收效甚微。每天她要花费高昂的医疗费,但丝毫也不能控制病情的发展,只是双眼疼痛有所缓解。

"前男友一家人曾经帮助过我,在治疗费上给予我帮助与支持,但你要站在他父母的角度上去考虑,他们会容忍一个双目失明的女青年做他们的儿媳吗?"栗娇娇说,"当时,我因患病整天心烦意乱,总会因一些琐事而与前男友争吵,感情也变得越来越淡。"就这样,她与前男友的爱情走到了尽头。

2012 年 12 月,经历了三年多的治疗,最终无果。就在那年的冬天,在上海一个寒风凛冽的早晨,栗娇娇醒来时感到眼前一片漆黑,她禁不住伸手向周围触摸,手臂竟然重重地撞在床边的椅背上,她知道那双病变已久、久治无效的双眼彻底失明了!当黑暗突袭而来,在上海无依无靠的她,觉得那个冬天特别的冷、特别的长!风华正茂的栗娇娇感到无助!她的生活毕竟还要继续,人生之路还很漫长!上海大都市的风景最终定格在栗娇娇的窗前。她给妈妈打手机,让妈妈来上海接她回镇江。

三

27 岁的她,却只能在无边的黑暗中生活,失去了色彩,失去了光明。"曾经那段岁月让我难忘,回到镇江,我整天待在家里,感到寂寞、空虚和无聊,我对着四壁发呆,喜欢看的几部电视连续剧,也只能听听声音了。"栗娇娇说。

在人生之路上中途失明的人,在我国,约占盲人这个群体的 60%,他们不像先天盲人那样已经能够适应黑暗,定向行走,生活、训练都得从头开始。对于栗娇娇来说,也是如此!家,对于她来说,是再熟悉不过的一方空间,现在却到处碰壁。多少次她刚迈步就踢倒了凳子,抬手就打翻了茶杯,头碰撞在门框上;又有多少次她下意识地拉开窗帘,期盼着看到微明的曙光、西下的夕阳,还有那满天的星光!然而光亮一直没有来,黑暗却加深了!她活着有多么困难啊!对于一个中途失明的盲人女青年来说更是难上加难!作为一个盲人,深陷黑暗之中的栗娇娇,人生路在何方?

妈妈像带着一个年幼的孩子一样,重新帮助栗娇娇学会吃饭、穿衣、走路。刚开始时,她用吸管喝饮料,吸管戳疼了她的脸庞;用盲杖探路,竟把自己绊倒了。日积月累,她终于能够自己独立生活。要接触社会,她摸索着在狭窄的楼道上走,学会爬楼,学会坐电梯,学会独自一个人走上喧嚣的大街,自己坐公交。多亏了妈妈那勤劳的双手啊!那双把栗娇娇从小拉扯到大的双手,如今又拉着她,走向新的生活!

栗娇娇从她的盲人朋友华云那里了解到盲人可以从事

按摩行业,她似乎看到了生活的新希望。她来到华云开设的盲人按摩馆,准备学个一技之长,为将来谋生。栗娇娇每天到华医生按摩馆里打杂,华医生在为患者按摩的时候,她站在一旁,华医生手把手一招一式地教会了她按摩的一些手法,她逐渐地了解人体经络的分布。后来,镇江市残联举办了一个盲人按摩培训班,培训费全免,培训是全封闭的。栗娇娇得知消息后,积极报名参加了学习。

机缘凑巧,正是在这次盲人按摩的培训中,栗娇娇邂逅了朱昌盛。朱昌盛家住丹徒区辛丰镇,早在十年前他的爸爸因病去世,妈妈便改嫁了。朱昌盛一直与他的哥哥朱昌松相依为命。朱昌松是一位低视力残疾人,朱昌盛在三山上完了职业高中后,入伍到安徽当兵。2007年12月,他退伍返乡,2008年1月应聘到镇江市公安局担任保安。

2011年1月的一天,朱昌盛骑着摩托车奔走在智慧大道的上班途中。不幸的是,一辆高速行驶的汽车向他急速驶来,车祸发生了,导致他全身多处骨折。朱昌盛当场昏迷过去,被送到江滨医院进行抢救,一个多月后出院,回家后进行了四个月的康复训练。由于伤情严重,医生要求他在家病休两年。

2012年9月,镇江残联盲人初级保健按摩培训班如期开班,朱昌盛送哥哥朱昌松参加培训。他热情、开朗、做事认真负责、有团队精神,镇江市二院授课的医生看在眼里,聘请朱昌盛为助残志愿者,帮助30多名盲人上好每一堂课。栗娇娇年纪较小,且勤奋好学,引起了朱昌盛的格外注意。

课余时间,盲人们经常聚集在一起聊天,拿朱昌盛和与其年纪相仿的栗娇娇开玩笑,朱昌盛毫不介意,他坦诚地对大家说:"我愿意成为小栗的新男友,用个不恰当的比喻,我更愿意成为她的双眼。"这一席话让栗娇娇怦然心动!

在以后的日子里中,朱昌盛搀扶着栗娇娇上下楼梯,在食堂为她端上热腾腾的饭菜……在越来越多的接触中,两人的感情日益加深,最终确定了恋爱关系。

国庆长假过后,盲人初级保健按摩培训班重新开课,朱昌盛与栗娇娇恋爱的消息成为班里的"热点新闻"。声声祝福中,许多盲人开始质疑:俩人是否真的能够走到一起。朱昌盛哥哥朱昌松担心颇多。"将来弟弟要照顾两个残疾人的生活,生活的难度将会更大!"他叮嘱弟弟在自己的终身大事上,一定要冷静理智。

拥有这一份来之不易的爱情,让朱昌盛一直幸福着。他的爱,不是一时的冲动,是经过自己深思熟虑的。栗娇娇是需要人照顾的,但自己内心深处的爱不仅仅是友情,也不是同情,朱昌盛知道什么是爱情,什么是天荒地老,那就是一辈子的长相厮守,自己感到无怨无悔。

朱昌盛频频光顾栗娇娇的家,栗妈妈对这个眉清目秀、有些腼腆的英俊小伙子颇多好感,但也有颇多的为难。毕竟是女儿一辈子的终身大事,栗妈妈一直在观察着朱昌盛。几个月下来,朱昌盛具有的爱心与责任心让栗妈妈放心了。毕竟女儿长大了,总是要嫁人,自己也的确要放手了。栗妈妈与女儿彻夜长谈,最终认识到女儿的幸福才是最重要的!

然而朱昌盛家境贫困,他最大的担忧是不能给栗娇娇带来一生的幸福。栗娇娇似乎也预料到这一点,对他说:"钱是身外之物,两个人在一起快乐、幸福地生活,才是居家过日子最重要的!"2013年9月25日,两人领取了结婚证,开始了幸福的婚姻生活。

四

2013 年 8 月,小夫妻俩来到大市口罗门影楼拍摄婚纱照时,顾飞经理发现栗娇娇双眼失明。顾经理是"博爱车队"的志愿者,经常参加康乃馨惠民服务中心举办的助残活动,他及时联系了中心主任杨海丽,杨海丽被他们的爱情故事深深打动。康乃馨惠民服务中心表示要竭尽全力为栗娇娇提供助残服务,顾经理也表示免费为他们提供一场婚庆服务。2014 年元旦,他们的婚礼在金山宴春酒楼举行,润州区残联领导赶到婚宴现场为这对新婚夫妇送上祝福!

现在,他们位于京畿路的家面积虽小,却充满着幸福与温馨。除了工作,朱昌盛细心照料着妻子的饮食起居。假日里,还会带着她去郊游。朱昌盛是个钓鱼发烧友,他钓鱼时,栗娇娇总在一旁静静地守候,一听到渔竿上的铃响,她就喜形于色,激动地告诉朱昌盛,鱼儿已经上钩了。为了照顾妻子的生活,朱昌盛会经常到超市去购买各种各样的女性用品,一开始,超市里的人投来好奇、疑惑的目光,使朱昌盛羞得满脸通红。他强撑窘态,继续购物。时间长了,他变得镇定自若,小区与超市周围的人们在叽叽喳喳的议论中渐渐地了解到朱昌盛的情况后,对他更多的是理解!

朱昌盛坚守着自己对栗娇娇爱情的承诺,与她结婚,他们的爱情故事感动着古城镇江千千万万的人!栗娇娇说,现在,自己最大的心愿就是能够创办一家盲人按摩馆,自食其力,一家人快快乐乐地生活。

原稿最初发表于《镇江残联》2014 年第 5 期(总第 23 期)

巾帼豪情写忠诚

——访镇江市残联副理事长孙萍博士

　　面前的孙萍,似一株幽兰,挺拔幽芳。她面容清秀,和蔼谦逊,举止端庄,言语中透露着质朴与率真。她是镇江市残联副理事长,苏州大学政治与公共管理学院的博士生。目前,她主要分管镇江残疾人就业管理工作。

　　孙萍的履历,是一份出色的人生答卷:25岁入党,39岁成为江苏省残联系统唯一的在读博士,41岁当选为镇江市残联第五届执行理事会副理事长……她是镇江市残联最年轻的领导干部,被镇江市政府记三等功一次,被评为省抽样调查先进个人,多次被评为年度优秀公务员。在担任镇江市残联办公室主任、就管中心主任及副理事长的十多年里,孙萍勤于学习、勇于探索、开拓创新、无私奉献,带头争创佳绩。她创新和引领了市委市政府助残四大行动:护苗行动,结对帮扶120名贫困残疾儿童;阳光行动,在市区开设十多家"金手指盲人按摩连锁店";彩虹行动,创建21家市级以上残疾人扶贫就业基地,录用农村残疾人就近就业;托底行动,对16400名贫困重度残疾人开展救助!作为全省残联系统中唯一一位博士学历的理事长,她积极开展对残疾人事业的理论探讨和研究,怀着对残疾人事业的无限忠诚,抒写一腔巾帼豪情!凭着一颗火热的心,在本职岗位上做出了显著成绩!

　　"今天只谈谈我的工作。"采访刚开始,孙萍就开门见山,直入正题。"每个人对生命价值都有不同的理解,也有不同的标准,就像快乐指数一样,每个人对快乐的理解都不尽相同。我从事残疾人工作感到快乐,只是说,我找准了自己的职业定位!"言语中,她为人处世的低调,务实的工作态度,让我肃然起敬!

一个理念:扶残助残

荣誉离不开孙萍的点滴努力!"在工作中,她做事有魄力,敢作敢当,很有领导才能和艺术。参与调解残疾人事务,能在原则性和灵活性之中把握平衡!"这是同事们对她的评价。

出生于1972年10月的孙萍是土生土长的镇江人,童年的记忆深深地留在她的脑海里,"邻家的爸妈"背着残疾女儿上学,每天风雨无阻,让她感动,印象深刻,她立志长大后一定要帮助社会上的弱势群体,帮助残疾的人们!1989年,孙萍中专毕业到镇江市第二人民医院从事临床工作,接触到许多残疾患者:有的人双臂萎缩不能抬举,有的人腿部残疾只能蹲着走路,有的人长年瘫痪在床……她细心地护理着每一位病友,并经常利用业余时间为瘫痪在床的患者义务理发,使他们的精神面貌焕然一新。她刻苦钻研业务,在技术上精益求精,熟练掌握各种穿刺技术……踏实的工作作风、出色的工作表现使她在护士队伍中脱颖而出。她被评为镇江卫生系统"六好护士",并被选送到南京医科大学护理干部班脱产学习,后来,通过公开竞选,她成为市二院团支部书记、党办副主任。2004年,镇江市机关单位面向社会公开招聘公务人员,当孙萍看到公告中市残联招聘的岗位时,眼前为之一亮。尽管当年招聘的单位很多,供选择的岗位也很多,她还是决定报考市残联的工作岗位,因为残疾患者生活中的不便与困难,早已唤起孙萍对他们的关爱和同情,她要用炽热的爱抚慰他们伤痛的心灵!

2005年,全市共有80多人参加考试竞争市残联的工作岗位,非常激烈!最后孙萍一举夺魁,开始了新的人生征途,她决心要为残疾人工作创出新的业绩。

"办公室是单位的综合职能部门,履行着后勤保障服务的重要职责,起着承上启下、沟通内外的协调作用。"那时正值市残联发展的关键时期,她为了积累工作经验,在完成好办公室的行政事务的同时,通过书面材料与各处室进行联系与交流,上传下达,积极主动的工作态度,获得了各处室工作人员的好评。"我那时很清楚自己的功底,对待残疾人工作,空有一腔热情是不够的,专业很重要,每天收到文件、报纸杂志,只要是涉及残疾人政策、法规、理论、心理、励志等方面的内容,我都要深入地学习,以便理论联系实际,融会贯通,从整体上领悟镇江的残疾人事业!"孙萍说,"我很高兴能有机会帮处长们打字,在打字的过程中,我学到了规范的行文和业务知识!"

一种态度:执着坚韧

经过几年的刻苦锤炼和虚心学习,孙萍已成为一名沉着、老练的业务骨干,被提拔为办公室副主任,并主持工作。2008年,孙萍又被任命为办公室主任。那年她36岁,人生的金色年华,肩上的责任沉甸甸的。她立志施展才华,奉献社会,做残疾人之友。

上任伊始,她开始策划,充分运用电视、广播、报纸、网站

"四位一体"的平台,宣传镇江市残联工作。镇江电视台新闻频道、民生频道、镇江新闻广播"行风热线"和金山网"党报在线"等新闻与网络媒体,以"大爱镇江"助残项目为抓手汇聚合力,将重点宣传、主题宣传、典型宣传与日常宣传相结合。

孙萍创办了《镇江残联》杂志,并亲自担任责任编辑。当时,有些同事很不理解:办公室主任任务重、压力大,还做什么编辑,爬什么格子? 但一向淡泊名利的她一心想干出实事。她认真核实稿件的来源,把握好稿件质量关,始终踏实办刊,用自己深厚的学识、精湛的文笔,弘扬时代主旋律,传播社会正能量,编撰出了一大批精品力作,为广大残疾朋友喜闻乐见。执着的追求,成为她"甜蜜的事业":2012 年,她参加中国残联组织的交流活动时,不忘实地调查,借鉴国外先进的助残经验,为《镇江残联》杂志第四期撰写《感受北欧无障碍》的文章。文章贴近实际,电子版见诸网络后很快被《中国残疾人》杂志转载刊登。现在,《镇江残联》杂志的电子版已成为全省一流、闻名全国的残疾人电子刊物。2012年 8 月,她在"MY0511 镇江网友之家"网站上创建了残疾人的精神家园"风雨同行"版块,一时关于残疾人的主题帖子如雨后春笋般地涌现,有的帖子点击量高达十多万次。镇江市级残疾人信息量屡创高峰,在省残联网站上录用的稿件数量连续多年位列全省第一。良好的宣传效果,提升了残疾人这一特殊群体的精神文明水平,使镇江的残疾人事业越来越受到社会各界的广泛关注,并引起了强烈反响。

惟坚韧者,始能遂其志。"课题研究得好,有利于单位发展;调查研究更深入,残疾人事业的发展才会更强!"孙萍从事残联工作,深有体会,"课题研究是撬动残疾人事业发展后劲的一根'魔杖',对残疾人课题调查研究,我一直没有松劲。近年来,关于残疾人的社会工作论文,经常见诸国内学术刊物,自己的所思、所悟、所感变成了铅字,感到十分欣慰!"紧贴镇江残疾人事业发展改革等新课题,孙萍对残疾人事业的理论进行探讨和研究:2008 年她主持了中国残联课题《重度残疾人医疗保障体制构建》,2010 年她主持了省残联课题《残疾人托养中心的管理和运营》,2014 年她所撰写的论文《论公共物品供应的模式路径选择》在上海国际会议上作大会交流。她的论文不仅展示了多年来她在残疾人事业中所取得的重要成就,一些关于残疾人的研究课题还填补了国内空白,具有学科开创性的研究成果,在学术界也赢得了赞誉。

孙萍在助残事业的理论研究之路上艰难跋涉、不畏劳苦,成为中国残疾人事业发展研究会会员、江苏省残疾人事业发展研究会理事。2012 年,她再接再厉,参加了苏州大学政治与公共管理学院政治理论博士学位考试并蟾宫折桂。2014 年,她通过出国人员培训(BFT)考试获得高级水平证书,入选镇江市县处级干部中长期出国培训后备库。

一股勇气:争创第一

身为办公室主任,孙萍承担着镇江市残联的一些中心工作,甚至一些困难多、任务重的工作。"我做惯了残疾人工作,也喜欢和习惯与残疾朋友打交道,做起工作来也顺手。从事残疾人工作,让我心里踏实!"2012 年 6 月,她策划和启动了市残联的"护苗行动","每天一只鸡蛋,每月一本好书,让每人交一个朋友。"这是她倡导的帮扶康复训练中的残疾儿童基本要求,这项工作不仅引起了镇江残疾人工作者的关

孙萍副理事长主持"护苗行动"

心和重视，家长们也积极参与进来，行动得到镇江全社会的广泛支持，现在已有 120 名贫困残疾儿童得到了"结对子"帮扶。苏文杰是一名智障男孩，是孙萍结对帮扶的残疾孩子之一。苏文杰最盼望的就是孙萍阿姨常来看他，从夏天的凉席、风扇到冬天的棉被、皮鞋、袜子，苏文杰都自豪地告诉别人："这是孙萍阿姨买的！"

　　孙萍担任市残联副理事长以后，在她的指导下，镇江各辖区残联开展了种植养殖、服装裁剪、电脑操作、盲人按摩、家电维修等技能培训班，达 70 多期，免费培训残疾人 5000余多人次。她提出的培训、考核发证、技能竞赛"三位一体"的模式，得到了省残联领导的充分肯定。由于她多渠道、多层次、多方面的积极努力，扶持近 400 多名残疾人实现了自主创业，使 5000 多名残疾人实现了就业。王大罗，是一个"三小车"车主，镇江市取缔"三小车"时，他突然感到生活没有了着落,多次上访,甚至组织集访。孙萍了解到他具有养殖业的特长后,一次次与他掏心窝子地谈话,耐心细致地做思想工作,鼓励他自主创业,并给予资助。现在,王大罗的养猪场已有1000头猪的规模,并且安置了十多位残疾人就业,走上了致富之路。王大罗经常由衷地说:"如果没有残联的帮助,就没有我的今天。"像这样发生在孙萍身上的助残故事,不胜枚举!

"办法多,点子多",这是同事们对她的评价,孙萍自己也常说:"不要怕和残疾朋友打交道,做残疾人工作就是要讲个'情'字。"

生活中,孙萍不乏柔情的一面,而工作中,她有胆识、有谋略。残疾人助学就业和就业援助在她设计的一整套的计划中迅速发展,她举办了多场"献爱心、送温暖"专场招聘会,惠驰汽车美容中心与西津渡"宜和轩"文化创业实训基地创办起来了,为残疾人搭建了创业的舞台,良好的运营,获得中国残联、省残联的高度赞扬。

市级公办托养中心是市政府助残民生建设项目,位于风景秀美的丹徒长山,孙萍担任工程建设指挥部总指挥。从项目立项审批、勘察设计到征地施工,她多方奔走呼吁,向政府部门建言献策,工程项目得以顺利实施。工程项目征地75亩,建筑面积2.5万平方米,具有"园林风格、文化元素、农疗特色、智能管理、志愿服务"的特征。该项目即将投入使用。

孙萍发起的"彩虹行动",已经取得了丰硕成果。现在镇江的每个镇、街道均建有托养中心,为1300多名残疾人接受了服务。持续开展的结对帮扶活动,使9300多户贫困残疾人家庭得到了救助,农村300户残疾人家庭危房改造全部完成,残疾人的居住条件得到充分改善。创建21家省、市、县级残疾人扶贫示范基地,帮助逾千名农村残疾人就业,辐射带动了 780 户贫困残疾人家庭实现了脱贫。

一点精神:敢为人先

2013 年,孙萍分管就管中心和残疾人就业扶贫工作。她认真贯彻落实党对残疾人的各项路线、方针、政策,认真履行工作职责,在新形势下,带领团队不懈奋斗。她敢为人先创新路,不断提升残疾人就业管理的科学化水平,镇江市残疾人就管中心以崭新的面貌进入了公众的视线。

"现在我们这个自己的团队,事情挺多的,这台大机器运转得顺畅、高效,我的确感觉到轻松了许多!"采访中,孙萍不时中断交流,处理各项事务……

盲人作为社会的弱势群体,其创业的难度系数在残疾人群中尤为明显。孙萍深深地体会到:盲人自主创业难,守业更难。2013 年,一个帮扶盲人创业就业的新思路在她的脑海里酝酿,不久,一份帮扶盲人保健按摩机构的行动方案——"阳光行动"草拟出来,并取得市残联和市慈善总会的高度认可。之后,她又与就管中心的工作人员,对市区具有一定规模的盲人保健按摩机构进行了摸底调查,登门到户了解每一户的具体现状,对存在的问题和急需添置的硬件设备进行了归纳梳理配。在调研基础上,镇江"慈善阳光"行动正式出台。就管中心的工作人员在她的指导下对具有镇江市户籍、符合条件的保健按摩机构及时进行汇总,完成了第一步申报工作,初步名单向社会发布,确定对"爱心自强按摩馆"等十家(2014 年镇江市区又新增三家)盲人保健按摩机构予以帮扶。按摩床、消毒柜、空气净化器等扶持物资也纷纷到位,创建了全市盲人按摩"金手指"品牌,规范统一保健按摩店的标识、统一了盲人保健按摩医生着装,改善了经营环境,树立起了镇江盲人保健按摩行业的良好新形象。整洁的店面、精湛的技术、周到的服务,以及盲人保健按摩师表现出的自强自立的精神风貌,成为古城镇江的一个新亮点,为盲人朋友创业就业开辟了一条金光大道!

孙萍副理事长(左二)参加镇江市"慈善阳光"盲人按摩机构扶持项目签字仪式

由于她不断创新工作方法、改进工作思路,镇江按比例安排残疾人就业及残保金征收工作快步前进,位列全省前列。"地税部门与财政、残联'一体两翼'征收及对拒交单位'非诉执行'的模式"向全省广泛推广。她连续多年举办盲人按摩培训班,为镇江市盲人开辟了就业之路。她还多次举办了盲人电脑培训,丰富了镇江市区百余名盲人朋友的文化生活,使他们更大程度地融入社会。2014 年,她组织镇江残疾人代表队参加全省残疾人职业技能比赛,取得了 1 金 3 银

3 铜的好成绩,荣获团体总分第五名;她直接为残疾人就业牵线搭桥,已有 11 位残疾朋友找到了心满意足的工作;由于提高了制度执行力度,镇江市所有残疾人就业服务机构规范化建设全部达标。

她参与组织开展对贫困残疾人的托底救助和走基层慰问残疾人的"暖心行动",得到全面落实,全年帮助 1000 户残疾朋友,为他们送去了温暖,实实在在地解决了残疾人的具体困难,真正使残疾群众得到了实惠!

"对残疾人事业的忠诚和坚守,引领支撑我一路走来。"回顾自己的成长历程,孙萍说,"我们每个人都是在不断的总结中成长,在不断的审视中完善自己,你要问我在我的成长过程中,有什么经验值得大家分享?那就是不断学习,懂得感恩,团队精神!学习是工作的基础,感恩是力量的源泉,个人的进步离不开集体!"

原稿最初发表于《镇江残联》2014 年第 6 期(总第24 期)

感悟篇

镇江市残疾人综合服务中心大楼

诗　歌

镇江残联工作者之歌

滔滔长江水，
"三山"竞秀色。
古城大爱暖人心！
我们是镇江残疾人工作者，
肩负着关爱残疾人的使命。
与残疾人——
"心连心沟通，
手牵手共进。"
扶残助残责任重，
凝心聚力送温暖。

真诚的话语像骀荡的春风，
抚慰着残疾人伤痛的心灵。
灿烂的微笑像鲜艳的花朵，
照亮着残疾人闪亮的日子。
我们将祝福撒向天宇，
让千万户残疾家庭充满温馨。
我们将爱的阳光播向大地，
用激情铺就残疾人的锦绣前程！

啊！镇江残联，
　　镇江残联！
开拓拼搏，
真情创造！

啊！镇江残联，
　　镇江残联！
扬起风帆，
豪情万丈！
科学发展创新路，
残疾人事业谱新篇。
同在蓝天下，
与残疾人携手并肩，
意气风发，
阔步向前，
奔向那更美好的明天！

原稿最初发表于《镇江残联》2011 年第 6 期（总第 6 期）

走进红五月

——献给全国第 22 个助残日

五月，
　　鲜花绽放，
　　惠风和畅。
五月，
　　春潮涌动，
　　激情浩荡。
五月，
　　天空洒满金色阳光，
　　歌声响彻在大地上！
五月，
　　是关爱残疾人的月份，
　　大爱故事在古城流淌。
广播、电视、报纸、网络，
弘扬着——
　　旋律，
　　　　精神，
　　　　　　美德。
工厂、校园、军营、村庄，
述说着——
　　典型，
　　　　事迹，
　　　　　　理想。

"扶残、助残,有你有我。"
同在一片蓝天下,
　　　传递着温暖,
　　　表达着爱心。
第二十二个全国助残日到来了,
按捺不住激动的心啊,
我们残疾人工作者
时刻准备着——
为残疾人事业贡献出一分力量!

忘不了——
一九八三年,邓朴方同志,
坐在轮椅上,规划的蓝图:
建设中国人自己的残疾人事业,
将残疾人康复工作新局面开创!
可记得——
一九八四年世界残疾人奥运会上,
盲人姑娘平亚丽荣获的跳远金牌,
实现中国残奥会史上"零的突破",
中国残疾人"世界冠军"的梦想!
曾记否——
一九八八年,
中国残疾人联合会在北京成立,
中国残疾人有了属于自己组织,
他们放飞的希望,不再迷茫。
各级残联组织,
如春雨后春笋,

蓬勃在这一片古老而神奇的土地上。
中国,向世界展示了——
中国残疾人真正的尊严,
社会谱写出"大爱无疆"。

最难忘——
一九九〇年,在七届人大十七次会议上,
通过了《中华人民共和国残疾人保障法》,
"平等、参与、共享"。
残疾人的权益得到了切实的保障。
"每年五月第三个星期日,
为全国助残日。"
那大爱的绿色——
根植在我们健全人的心上。
"走进每个残疾人家庭"
"一助一,送温暖"
"加强残疾人文化服务,
保障残疾人文化权益。"
　　　……
每年的助残日都有鲜明的主题,
五月的激情凝成了热烈的诗行。

穿越了风,穿越了雨。
镇江市残疾人联合会,
二十二载的岁月峥嵘,
见证了多少如歌的生命,
　　　多少感人的往事!

二十二载的辛勤耕耘，
一路征程，一路高歌！
"十二五"开局扬鞭，
残疾人事业大步发展，
提升了速度，提升了信念。
南徐大道楼宇里助残之风，
让残疾人的心中暖意融融。
每年助残日的行动，
架起一道道爱心的彩虹！

残疾家庭租赁补贴提高了，
贫困残疾人住上了廉租房。
"一户多残、依老养残"，
救助金让残疾人生活有了保障！
残疾大学生领到了教育补贴，
残疾高中生免费走进了课堂。
肢残人安装了免费的假肢，
白内障手术后的盲人喜见亮光。
贫困聋儿得到了人工耳蜗的植入，
铁树开花，聋哑孩子能开口说话。
……

残疾人事业——

　　　　绿色的事业，

　　　　高尚的事业，

　　　　人道的事业。

毛泽东同志说：救死扶伤，实行革命的人道主义。

邓小平同志说：中国需要改进对残疾人的服务。

江泽民同志说：关心帮助残疾人是社会文明进步的标志。

胡锦涛同志说：让关爱的阳光照亮每一个残疾人的心灵。

习近平同志说：中国梦也是残疾人的梦！

我们残疾人工作者——

　　　　薪火相传，

　　　　重任在肩，

永远与春天的事业同行！

我们残疾人工作者——

　　　　激情飞扬，

　　　　豪情万丈，

书写两个体系建设的新篇章！

我们残疾人工作者——

　　　　凝心聚力，

　　　　真情创造，

"十二五"规划再创辉煌！

携手共进吧——

　　　　残疾人朋友，

第二十二个全国助残日，

送上诚挚的祝福与希望！

原稿最初发表于《镇江残联》2012 年第 3 期（总第 9 期）

绿色的事业

爱这一个绿字，
动态的绿，润泽的绿；
滋养的绿，希望的绿。
……
写下这一个绿字，
令我们感到神采飞扬；
写下这一个绿字，
心情像大海一样激荡！

爱这一个绿字，
像热爱残疾人的事业那样；
爱这一个绿字，
像热爱平凡工作岗位那样；
爱这一个绿字，
我们每天心中都充满阳光！

用大爱精神写成绿字，
用生命开拓写成绿字，
用高尚人道写成绿字，
一笔写不成一个绿字，
众手写出无数个绿字。

中残联的徽章，

底色为绿色。
残疾人事业，
是绿色的事业，
我们残疾人工作者，
就这样把豪情，
写在心坎上！

原稿最初发表于《镇江残联》2012 年第 4 期（总第
10 期）

散　文

放歌红五月

五月,大爱之城镇江,春潮涌动。江上的熏风吹绿了这座城市,一切都显得生机勃勃。极目眺望,草长莺飞,杨柳拂岸。春江潮广场上,扶摇直上的风筝像欢乐的鸟儿涌入蓝天的怀抱,人们踏歌而行……

五月是关爱残疾人的日子。人们不会忘记:"每年五月的第三个星期日,为全国助残日。"今年五月,一座现代化的残疾人综合服务中心将全面投入使用,这昭示着镇江的残疾人事业将进入全新的发展阶段。我们作为残疾人工作者,深深地为镇江的残疾人事业的发展感到骄傲!镇江残联理事会高举发展的旗帜,带领全体镇江残疾人,在和谐社会的建设中大步迈进!

残疾人是一个特殊的群体,他们的成长道路荆棘丛生。残疾人又是一个弱势群体,他们在创业之路上要付出异于常人的努力和艰辛。在我们身边,涌现出这样一群残疾人,他们自强不息的创业事迹,深深地感染着我们:脑瘫大男孩——赵正元,一个丹阳的普通村民,好学不倦,在"淘宝"网上开设"元元超市",成为"网商"。自网店开张以来,已取得了丰厚的收益,还多次被《京江晚报》报道。盲人推拿医生——杨力,在一起意外事故中,双目失明,他摸索着学习中医知识,在镇江开设了"爱心自强盲人推拿馆",用自己勤劳的双手撑起一片生活的蓝天……他们用勇气和毅力,实现着自身的人生价值。他们用辛苦的汗水和不懈的努力,编织出一个又一个色彩斑斓的梦,创造出一个又一个生命的奇迹。多少梦想变成了现实,多少努力创造出辉煌成果,多少辛勤汗水描绘出时代的新篇章,他们的明天将更加炫目。

放歌红五月,请向残疾人自主创业者致敬!在这充满真情的五月里,请送上我们真诚的祝福,聆听他们奋进的凯歌。"凭栏处、潇潇雨歇"是一种人生;"长亭外,古道边,芳草碧连天"是一种人生;"到中流击水,浪遏飞舟"是一种人生;"默默无闻,奉献社会"也是一种人生!

让我们相约在镇江,为红五月高歌。为残疾人自主创业者喝彩,为他们的明天鼓掌!

原稿最初发表于《镇江残联》2011年第2期(总第2期)

关爱，生命中的一缕阳光

感受阳光，就是感受温暖！关爱，就像生命中的一缕阳光！

太阳照耀下的古城，是一抹抹灵秀的风景。春红、夏绿、秋黄、冬白，一阵阵清幽的馨香，按捺不住地在长江边上流淌……

大爱之城镇江，阳光与你同在，让你感受到光明、温暖和一种向上的力量。一幅幅和谐社会的生动图画，一个个无私关爱残疾人的故事！平凡之中做出的是至真的诠释，大爱之中传递的是阳光般的温暖，故事之中讲述的是残疾人的深切感受。

这个故事发生在镇江市委书记和残疾人之间。李九根，一位镇江大路镇的肢残人，小时候患上了小儿麻痹症，下肢瘫痪，好不容易找到镇上的一家企业上班，没几年工厂却又倒闭了。大路镇政府残疾人工作同志帮助他到镇散热器厂上班，使他走上了再就业之路。李九根心中涌动起股股热流，一个冬日的下午，他给镇江市委书记许津荣同志写信，感谢社会对他的关爱，在信中他满怀深情地写道："……如今，我们在这家企业快乐地工作。希望您将信转交新闻单位予以登载，以便全社会真正形成弘扬正气、关爱他人的良好风尚！"

这个故事发生在镇江残联和残疾人之间。镇江新区残联成立起来了，新区的残疾人终于有了自己的新"家"；"一户多残、依老养残"的残疾人家庭领取到了生活救助金；贫困残疾人家庭廉租住房租赁补贴标准提高了；高中残疾学生受到了免费教育；大学残疾学生领到了教育补贴；肢残人得到了免费安装的假肢……

　　发生在城市里的扶残助残故事数不胜数:镇江船艇学院学员 26 年来照顾京岘山瘫痪老人徐来顺的生活,谱写了一曲"军民鱼水情"的新篇章;江苏科技大学爱心助残志愿者,多次到和平路街道开展助残活动,带领十多名残疾居民游览镇江风景名胜,一时成为佳话;金山街道社区向身患癌症的视力残疾人邓云伸出援助之手,积极为他筹款治病……

　　你或许会认为这些事是很平凡的,但是滴水可以反映出太阳的光辉,正是这些的平凡中的小事,才寓意出平凡之中的伟大来!

　　关爱,传递着温暖;平凡,汇聚着力量。社会无私的关爱,对于残疾人来说,是爱与情感的交流,是照彻他们心田的和煦阳光! 让我们关爱残疾人,和他们一起,共同构筑和谐温馨的大家庭,共享这一片明亮的蓝天!

　　原稿最初发表于《镇江残联》2011 年第 3 期(总第 3 期)

名城书法家许图南

《镇江残联》杂志封面上的"镇江残联"四字，是由书法大师许图南先生题写的。

《镇江残联》杂志封面

许图南先生是镇江书法史上一位十分有影响的书法家。一个世纪以来，镇江书坛人才辈出。作为诗人、学者和书法家的许图南先生，曾在镇江书坛上发挥着重要的影响力。

许图南先生，是江苏兴化人，生于 1911 年，卒于 2001年，名荫鸿，字图南，号舍北。少年才情闻达于故里，他对中国传统文化颇多涉猎，与传统诗词结下了不解之缘。他擅长行草，尤工于兰竹。其诗文散见于全国各类报纸杂志。他撰写的楹联、匾额散见于大江南北众多的名胜古迹，与天地共存，与日月同辉。

许图南先生的书法作品，融古通今、学古不泥、风格隽秀、劲健挺拔。书作表现出他的文化魅力与学识修养。20世纪 90 年代，许图南先生兼任镇江残疾人基金会理事，他关注的是镇江残疾人事业和发展，他亲手题写的"镇江残联"四字，点画浑厚、线条奔放。

许图南的书房，名曰"夕照轩"，位于中营老巷内。"夕照轩"里充满着浓浓的书香韵味，他曾在这里静思、体悟、挥毫,浸淫于碑帖之间,在书法的意趣中,质感的线条体现出他生命的律动。

许图南先生的才学,早在 20 世纪 40 年代就闻达于镇江。当时的许图南先生携一支毛笔,被邀请进镇江工商巨子陆小波家中,成为他的秘书。镇江是一座散发着传统文化气息的城市,那时的许图南先生闲暇之余,把大部分时间消磨在焦山的碑林之中。他手追心摹,在研习"大字之祖"《瘗鹤铭》等碑帖之后,受到中国古代书法家天然成趣的美学思想的影响,开启了他学书有所体悟的初级阶段。

长期反复临写《瘗鹤铭》《米芾〈观山樵书题记〉》《陆游踏雪观瘗鹤铭》等石刻名作,他又以"二王"名帖为根本,以苏轼、黄庭坚、米芾、蔡襄等诸名家名帖为枝叶,进行研习。他对郑板桥"六分半书"的书体情有独钟,用功最勤。20 世纪 50 年代末、60 年代初的经济困难时期,由于一时买不到宣纸,他就用毛笔蘸着水在院子里的石板上书写。他的书作放笔挥洒,技巧娴熟,他不囿于某家某帖,字里行间动静相宜。在他看来,书写"行"的过缓失之于活泼灵动;而"行"速过快,线条力度难以把握好节奏。疾缓有序,才能达到艺术的最佳境界。

品论中国书法的一条重要标准,就是"字如其人"。所谓"字如其人",就是刘熙载在《艺概·书概》中所说:"书,如也。如其学,如其才,如其志,总之曰如其人而已。"后世据此,评书必兼论作者人品,许图南先生堪称楷模。许多同道这样评价他:"敏于行而讷于言,宽于人而严于己。"他外在沉静,内心却奔放激越。他虚怀若谷,从不轻狂,同道之人多乐于和他交往,他的书房"夕照轩"时常高朋满座。他的书作可谓篇篇锦绣、字字珠玑,可贵的性情铸就了他独特的艺术审美取向。他的书作不求多，而求"精到"，这一点，可以从他的艺术成果上得到验证。

我与许图南先生相识于 1993 年的夏天，那时，我多次去中营巷口老屋中的"夕照轩"，拜访图南先生。先生听力不好，但诗才极为敏捷。几度的笔谈，我领悟到他那极为深厚的文化底蕴……我冒昧地请他书写一幅墨宝，先生欣然应允，后来他书写了一幅苏东坡的词《念奴娇·赤壁怀古》赠我。

许图南书苏东坡词《念奴娇·赤壁怀古》

书作笔笔力道、骨势通达、淋漓酣畅、气势贯通，整个作品一气呵成。那线条的流动，那通篇的韵味、氛围，令我赞叹不已。

"云山苍苍，江水泱泱。先生之风，山高水长。"许图南先生是大师级的文化名人，但他却丝毫没有名人架子。他平易近人的大家风范，令我感动。先生虽逝多年，但我与他交往的情景，仍历历在目。他赠我的书法作品我珍藏着，因为这幅书作仿佛在诉说着我与大师一段真情的交往，一段深厚的情谊。

本篇发表于《镇江残联》2011 年第 6 期（总第 6 期），《京江晚报》2012 年 4 月 16 日

一个人的盲道

　　春天,恬静的微风,轻轻地吹拂着这里的住宅小区。

　　小区里一条长长的盲道,映入人们的眼帘。盲道由申黄色的路砖铺设而成,几排整齐而微小的凸起。盲道很长,一端连着一栋大楼的门口,另一端连着小区大门外的盲道。盲道专门为小区里的一位盲人而铺设。每一天,走在盲道上面的,是一位上班的盲人按摩医生。

　　那位盲人医生手里挂着一支盲杖,轻轻地摩挲着路面,在盲道上小心翼翼地走着。他睁着一双暗淡而散漫的眼睛……

　　他走路很小心,很谨慎。他的必经之地,有一片草地,还有草地上的人工池塘。那天,我与他邂逅了,我担心的是他的脚步会偏离盲道,他会撞上假山,或者跌进人工池塘里去。

　　我加快脚步,跑了过去,对他说:"等一下,我带着你走吧!"

　　"不用了! 谢谢你!"盲人医生淡淡地笑了笑:"我一个人能走! 小区里有很多像你一样的好心人,看见我靠近池塘,他们都会跑过来搀扶我!"

　　盲人医生说,前年他搬进了这里的住宅小区时,住宅小区里没有盲道。邻居们纷纷向小区物管反映,要求为他建一条盲道。物管说:道路已经建好,建盲道还需要重新规划设计,况且缺乏的是经费。左邻右舍群策群力,申请相关部门重新规划设计,他们为建盲道筹措经费,又请来建筑工程队,就这样一条崭新的盲道铺设起来了。现在,盲人医生一个人就可以从人工池塘边上走过去了！

真是一条洁净无泥的盲道呵！盲人医生走在上面，既安全又快乐！此时的阳光温暖和煦，天气十分宜人。盲人医生走到人工池塘边，他静静地伫立在草地的盲道上，昂首挺胸。美妙的鸟鸣声潜入他的耳中，他似乎感受到了小区里百花盛开的景象。他完全沉浸在鸟语悦心、花香醉人的意境之中了。他现在体会到的是和健全人一样的欢乐！

盲人残疾人，名副其实的社会弱势群体；盲道，作为人性化城市的细节，体现了一个城市的文明程度。但城市里建有的很多盲道，有的几成虚设。一些摩托车、电动自行车、小轿车、小摊位、大排档……蛮横地占据着盲道，盲人行走时必然危机四伏。我要大声呼吁：希望市民们不要侵占盲道，为盲人留下一条幸福通道！我也要告诉你们：在我们这座城市，在某一个住宅小区里，有太多的人专门为一位盲人铺设了一条长长的盲道呢！

小区里的这条盲道抒写着人间的大爱！

原稿发表于《镇江残联》2012 年第 1 期（总第 7 期），《京江晚报》2012 年 5 月 17 日

秋 色 赋

　　走过生机勃勃的春、绿意盎然的夏,我们迎来了金色灿烂的秋!

　　镇江,和谐社会的秋天,实在是一个美好的季节! 大江豪放奔腾,运河优雅环绕,城市山林静幽。春花孕育了秋的甜美,夏叶滋养了秋的丰硕。浓重的秋色,有着其他季节所无法比拟的壮美。

　　如果说春天的花海让你震撼,夏天的幽林让你陶醉,那么,在古城的秋天,你会发现秋色依然多姿多彩。

　　在金秋的季节里,镇江残疾人工作者扶残助残活动的热潮高涨起来了:贫困下肢残疾者实施了手术,免费安装了假肢;贫困白内障患者施行了手术,重见了光明;受助的聋儿,在人工耳蜗开机后,脸庞上露出了惊喜神情,听到了来自秋

的天籁之音……西津渡旁、塔影湖畔，闪动着雷锋车队志愿者带领康复中心残疾孩子们秋游的身影。镇江电视台新闻工作者，涉足城乡村，为自强残疾人制作专题片，用镜头记录他们开拓、奋斗的脚印……

展痕处处，大爱之城里，一桩桩、一件件实施的惠及残疾人的实事，为这美丽的季节增添更多的光彩。

这是大好的秋天，时代的秋天。喜迎十八大，我们残疾人工作者，敞开坦荡的胸怀，铿锵前行，要为残疾人事业创造出更多的精彩！

原稿最初发表于《镇江残联》2012 年第 5 期（总第 11 期）

在回眸中展望

飞雪迎春到,但料峭的严寒阻挡不了我们开展扶残助残工作、迎接新年的信心和行动!

时间的步履匆匆,我们即将与 2012 年挥手告别,迎来 2013 年充满希望的阳光。站在辞旧迎新的门槛边,年终回眸往事,让我们自豪,让我们感慨! 这一年,镇江的残疾人事业发展突飞猛进,各项工作取得了丰硕成果! 2012 年,已定格成为我们难忘的记忆:镇江残联制订和实施的"残疾人幸福推进计划",得到了很好的落实;"宜和轩"工艺坊运行起来了,并被评为"江苏省残疾人文化创业示范基地",成为展示残疾人才华的舞台,拓展残疾人创业的渠道;3000 名镇江

残疾人率先取得免费乘车的公交卡,得到了真正的实惠;牵手结对 40 名残疾孩子的"护苗行动",使他们的学习和生活有了真正的保障;2012 年的"聆听行动""复明行动""健行行动"开展得如火如荼,让更多的贫困聋儿走出了无声世界,更多的贫困白内障患者重见光明,更多的贫困下肢残疾人重新站立起来。镇江市级托养服务机构项目,关系着全市残疾人的冷暖,荒芜的土地开始苏醒了!

岁月匆匆,2012 年,只是我们工作的征途上的一个站点,乘着时代的列车勇往直前,我们残疾人工作者将踏上新的征程,走向又一个新的起点。新的征程中,寄托着全市残疾人对美好生活的期盼,要求我们不断创新,勇于开拓,让他们更多的期盼早日变为现实!

展望2013 年,我们仿佛听见新年催人奋进的号角! 在十八大精神的指引下,在市残联理事会的领导下,我们残疾人工作者要在明年的工作中,续写时代的新篇章!

原稿最初发表于《镇江残联》2012 年第 6 期(总第 12 期)

生命的礼赞

窗外是一片喧嚣的市声,热爱写作的我关起窗户,在宁静中寻找着感动镇江这座城市的人物和精神源泉。我忽然想起与我家近在咫尺、家住永安路上的一位自强不息的才华横溢的少女,她靠着自己的坚强的毅力,自学成才懂得了韩语和日语。笔耕不辍,在陋室中,诞生出一部达 40 多万字的长篇小说,她就是 19 岁的残疾青年作家王千金。

我们同在这座城市工作和生活着,也有着同样的作家职业。然而王千金十几来年取得的成就却令我无比汗颜。她是位脑瘫患者,她的头部、四肢几乎无法动弹,她完全是通过嘴唇在电脑上"按"字而创作的。她低着头,瞄准键盘,用嘴唇"按"着。嘴唇大,键盘上的按键相对较小,有时按错了,她只得用嘴唇"按"去,重新写。正是在这样的艰难之中,她完成了一部 40 多万字的长篇小说。

得知她的背景资料,我开始怀着敬佩的心情,在网络上寻找她那篇点击量达一百多万次的小说《拽公主的霸道太子爷》。我试着用年轻人的心理状态赏析这部小说,体会年轻残疾人作家真实的情感。或许是她与我都是作家,都有着热爱写作的情感的缘故,我阅读着她的作品,体悟着这位残疾女作家风华正茂的才情。她的文风,是那么朴实无华;她的语言,是那么清新隽永;她的作品形式,是那么完整精美。我从这部小说中渐渐地感悟到太多太多⋯⋯

什么是一个作家最大的幸福?我认为,一个作家的幸福,就是不断地超越自己的作品。王千金心境是那样豁达,她的身体虽然是残疾的,但她的思想和精神却是那么健全。

《拽公主的霸道太子爷》一度风靡网络,我们体会到她是生活中的强者。王千金敢于直面人生,勇于创作,对生活从不抱怨,从不放弃,她一直在寻找属于她自己心目中的那个美好春天。

城市里每一个知道王千金故事的人,都会被她的梦想和追求而感动。她被称为"镇江的海伦·凯勒",我认为:她是镇江残疾人的骄傲,或是城市的一张文化名片。虽然她一个人身处陋室,然而她那乐观向上的精神,却让我们感动敬佩,让我们振奋。无论在创作中遇到多大的困难,她生命中的那一缕阳光,依然灿烂无比。

她的内心深处流淌着的是对生活的美好憧憬。她自强不息的精神,是一股奋发向上的力量,她克服着常人难以想象的困难,她迈出坚实的人生步履,光明始终在前面。

有理想就有追求,那就是王千金生命的礼赞! 2013 年,她将续写小说《死神公主的冷殿下》,此外,她还要创作新的诗歌和散文。

我始终为她那种坚韧不拔、不畏磨难和昂扬的精神状态所折服。有梦想,就有希望;有梦想,就有方向。风雨之后总会见到彩虹!

让我们向热爱生活、坚守梦想的王千金向投去敬佩的目光,祝她的明天更加辉煌!

原稿最初发表于《镇江残联》2013 年第 1 期(总第 13 期)

另眼看残疾

我想起了曾经认识的一位盲人医生,他很小的时候,就在黑暗中摸索挣扎着,一直为失明这一生理缺陷而痛苦沮丧。那时,他经常一个人坐在角落里发呆,认为这是苍天在惩罚他;总觉得自己被世人抛弃,自己活在世界上就是累赘。后来他上了盲校,遇到了一位老师,这位老师用这样一个寓言故事开导他:每个人在来到这个世界之前,都是一个青苹果。这些青苹果都要拿到上帝面前,让上帝咬一口,咬的大缺陷就大,咬的小缺陷就小。上帝在咬你时,肯定咬了一大口,为什么呢? 因为上帝钟爱你的芬芳。

这位盲人医生从这个寓言故事中得到了启发,他把自己的失明看作上帝的特殊钟爱,他重新振作起来,开始向命运挑战。几年过去了,他考取了南京中医药学院,毕业后在古城镇江办起了一家属于自己的诊所,成为远近闻名的盲人按摩师,他为更多的患者解除了病痛,自己也过上了幸福的生活。

我轻轻地叩问历史,怀着几分敬畏和好奇,看到了无数发生在残疾人身上的奇迹:中国二胡演奏家阿炳是瞎子;德国作曲家贝多芬是聋子;意大利小提琴家帕格尼尼是哑巴……就说二胡演奏家阿炳吧,患眼疾而失明,一度流落街头,靠卖艺糊口。他在黑暗和贫困中挣扎着,尝尽了人世间的辛酸苦辣,在饥寒交迫中度日,饱受恶势力的欺凌和淫威,但他从不卑躬屈节,一直与命运进行着抗争。阿炳广取博采,勤学不辍,吹拉弹唱无所不精,深深扎根于民族音乐的土壤,在音乐方面大有建树。他创作的乐曲《二泉映月》经久不衰、广为流传,几乎遍及全世界,至今拥有无数的崇拜者。

"人有悲欢离合,月有阴晴圆缺。"在这个世界上,不可避免地会有残疾人,残疾的遗憾无时不有、无处不在。遭遇了遗憾不要紧,要紧的是不要埋怨,也不要后悔,而是要化解遗憾。法国诗人缪赛有这样一句至理名言:"最美丽的诗歌是最绝望的诗歌,有些不朽的篇章是纯粹的眼泪。"残疾的生命中虽然包含着痛苦,也孕育着成功和希望。海伦·凯勒敢于直面漫漫的长夜,贝多芬不畏剥夺了聆听权利时苦闷的心境!病魔束缚了霍金残疾的身躯,宇宙中却弥漫着这位科学巨匠睿智的思绪。天生智障的舟舟沉浸在音乐的世界里,俨然是音符生命的主宰。在这多幅残疾生命自强不息的画面叠加的一刹那,我忽然领悟了生命的非凡意义,那就是他们残疾后的奋发、重创后的屹立,他们笑对人生,用残疾生命的丝带编织成光彩夺目的彩虹,在坎坷挫折中彰显着从容。

原稿最初发表于《镇江残联》2013 年第 1 期(总第 13 期)

同在蓝天下

　　我喜爱仰望蓝天。蓝蓝的天空,明朗而高远,白云飘逸而流动。那迷人的蓝色呵,曾在我童稚的脑海中激起过纯洁的憧憬;那迷人的蓝色呵,像甘露一样清凉,使一切忧愁苦闷离我而去;那迷人的蓝色呵,在我的心底酿造出甜蜜的气息。

　　我深爱蓝天。坐在绿草地上,极目远望,穿越高高楼宇的羁绊。阳光灿烂无比,天空蓝得美丽。小鸟展开翅膀,冲向天空,快乐地飞翔着。我多么渴望变成一只小鸟。我努力展开双臂,像鸟儿一样,感受在蓝天飞翔的快乐。但我不能飞翔,只能仰望蓝天。我向空中的小鸟投去羡慕的目光,倾慕小鸟能在蓝天中自由飞翔。

　　明亮的艳阳天,天空瓦蓝瓦蓝的。这种明亮的蓝色,让我感受到这世上万物的美好,一颗虚浮的心得到一份安适与平和。但天空中有时也会乌云密布,大雨倾盆。连日的阴霾,久久不能散去。人们的情绪也会因此颓丧消沉。一年之中不可能天天都是丽日晴天,不是吗?

　　凝视蓝天的一刻，我在想，有谁会在同一时刻将目光投向我凝望的同一方向的蓝天呢？

　　是"倩"吗？我的一位聋哑残疾朋友。无论是她个人的文化素养，还是相貌、气质等都有着得天独厚的优势。然而，她的世界却是寂静无声的。

　　"倩"此刻会以怎样的心情，去面对我们共有的这一片晴空？我们同在蓝天下，虽然不陌生，但我们连片言只字都无法交流，我只能在心中对她寄予深深的祝福！

　　"那就足够了吗？"我轻声地问自己。她和我一样，不都拥有这一片蓝色的天空吗？我不禁露出了微笑。刹那间，我的脑海中浮现出"倩"那张曾经愁苦的脸，双眉深锁着，我仿佛听见她在无言地诉说，她眼望着上苍，心中的苦闷似乎在向着上天呐喊，祈求着希望，她绝望了吗？还是期盼来生？自己能为她再做些什么，让同在蓝天下的残疾朋友，都能享有和我们同样的愉快和幸福！

　　世界上最宽广的是海，比海更高远的是天空。我忽然体会到了，整个地球原来就是一个"村"，健全人和残疾人应该是相亲相爱的一家人！让"倩"心中那蓝色的梦想，能够变成现实。

　　"倩"终于鼓起了热爱生活的勇气。同在一片蓝天下，我们要让更多的残疾人在心灵上得到真正的慰藉！

　　原稿最初发表于《镇江残联》2012 年第 6 期（总第 12 期）

关　爱

关爱残疾人,因为他们和你共享一片蓝天!

——题记

　　朝霞出来了,河水为它梳妆;月儿升起来了,群星为它做伴;花儿绽放了,绿叶为它映衬;鸟儿在歌唱,蟋蟀为它弹琴……蓝天下的万物都在讲述着关爱互助的故事。

　　人类是万物之灵,我们健全人与残疾人同住一个"地球村"。我们只有用爱心编织关爱,才能使地球家园天长地久。如果你留意的话,每时每刻,残疾人都在我们周围人的关爱之中生活着,你是不是也产生了要关爱残疾人的想法?聆听有关残疾人的故事,让我们感受他们生活的艰辛,愿更多的人伸出热情的双手,关心残疾人、帮助残疾人,为他们撑起一片蓝色的天空。

　　搀扶盲人过马路,是关爱;帮助肢残人推轮椅,是关爱;学几句手语,是关爱;相逢时一张灿烂的笑脸、一句温暖的问候、一个友好的招呼,也是关爱。

　　学会关爱残疾人吧,使他们在社会中不孤立,不被排斥,能有一技之长,与我们健全人一样,为社会贡献出一分力量!曾晓冬是广西的一位远近闻名的小画家,是很小的时候被遗弃在路边的盲聋哑儿童,后来被善良的人收养。社会关心他,残联爱护他。青年画家曾柏良,亲自从"一横一竖"教起,启发曾晓冬走上了绘画创作之路……无私的关爱,让曾晓冬跨越了无声与黑暗之间难以逾越的鸿沟。曾柏良执教的残疾人美术培训班，也使更多的盲人会用手、用心去感知美好的世界，展示他们绚丽多彩的内心世界。中国的"保尔·柯察金"张海迪说："我有一个梦想，若干年后的某一天，所有残疾朋友能够像健全人一样地生活，可以驾驶汽车，可以到任何想去的地方旅游，那时我们残疾朋友就能完全融入社会，融入这个和谐的大家庭。"关爱残疾人，就是要求我们从小事做起，从一点一滴做起！

学会关爱残疾人吧，让他们的生活到处充满阳光，充满欢笑。史铁生是当代卓有成就的作家；也是一位瘫痪的残疾人。他用残缺的身体诉说着健全而丰厚的思想。他的文学作品《我与地坛》曾经作为美文被收进中学语文课本，史铁生在残疾的痛苦中面对生活的勇气及执着坚定的信念，与北京作家和残联的朋友在他病痛时的关怀和帮助是分不开的。

学会关爱残疾人吧，伸出我们援助的手，帮助他们！让健全人与残疾人一同共进，我们的社会才会变得更加和谐！

关爱犹如一阵春风，让荒芜的土地绽放出花朵；关爱犹如打开了一扇窗，我们可以感受到春日的暖阳；关爱犹如一把火炬，能照亮夜的长空，照出一个诗意的"人文关怀"世界。

同在一片蓝天下，关爱残疾人吧！唯有无疆的大爱，可以超越一切，直到永远永远！

原稿最初发表于《镇江残联》2012 年第 6 期（总第 12 期）

像风一样

风,越过高山,穿过森林,徜徉大河,漫步田野……它,自由自在,任飞翔。它,没有累,不怕痛。前方的光芒,引领着她,到达心灵的彼岸。风继续吹,不停步。

风,变幻莫测,不经意间百转千回。它,跋山涉水,直至达到至善至美的目标。它,游走于绵延起伏的群山之间,遇到石块,它必须回头;遇到荆棘,她必须穿越……风也经历着种种磨难?

我似乎找到了一个形象的比喻,揭示出生命的真谛。我感慨于一些残疾生命,在穿越人类丛林时,也会像风一样,从容不迫,毫不畏惧。

美国女诗人艾米莉·狄金森把人生经历比喻成处于篱笆墙的内外,人的一生就是进行着这一层层的攀爬。试想:残疾的生命在爬过这段篱笆墙时,一定会身心俱疲、伤痕累累。这时,你也许会想到那个关于风的比喻,风呼啸而过时,在无边的旷野上,在凛冽的天宇下,凝结下的是何等壮观的痕迹呵!

纵观悠悠历史,让我们把"生命似风"的灼见领悟。凡·高——荷兰的一位精神残疾的画家。他孤独地躺在一片广衰的向日葵地里。风吹过来了,在田野里嘶吼着。凡·高感叹着:他那耗尽了心血,如火一样炽热的画作,竟无人理解,更也没有人愿意买它!对于一个把艺术当作生命的狂热画家来说,无人欣赏他的艺术,他的内心是何等的痛苦!他的艺术被当时的人们所轻视、所鄙视!这是他艺术生命中的不幸与挫折!

田野里吹来了风,霍霍地响。风虽然会被阻挡一时,但风会继续吹,一直勇往直前!

终于有一天,凡·高的画作,得到世人的认可,并且成了价值连城的稀世珍品。现在,当你凝视着凡·高的《向日葵》画作时,你会感悟到:那耀眼的橘黄色彩在你心中汨汨流淌,你那干涸的心灵顿时受到滋润。向日葵,生在地上,倔强地仰望天空,伸展着,伸展着,表现出了顽强的生命力。你会突然领悟到这位残疾画家,不屈服于人生,不屈服于命运,奋发而昂扬的真实情感!看着《向日葵》画作,你会顿然开朗:什么是生命?什么是不屈不挠,近乎绚烂而悲壮的生命呵!

像风一样,无至无歇,一直向前!向前!人生中有着丽日晴天,也有着暴风骤雨,像风一样,去穿越人类的那一片丛林。

百年前还有一位残疾人,失去听力的痛苦并没有阻挡他音乐创作的脚步,他就是德国伟大的作曲家贝多芬。贝多芬谱写了激昂而悲壮的《命运》之曲,奏响了他对不幸命运的抗争,藐视着人生旅途上的挫折和困难。贝多芬曾说:"我要扼住命运的咽喉,决不能让命运使我屈服。"这慰藉人生的心语啊,似暖风吹送,让残疾之痛烟消云散,让快乐洒满人生的旅途!

原稿最初发表于《镇江残联》2013 年第 6 期(总第18 期)

后　记

　　整理完《同在蓝天下》的书稿,为本书画上了一个句号,我如释重负。

　　20 世纪 90 年代初,由于兴趣使然,我开始写作并发表作品,在省、市级报纸杂志上发表有散文、小说、诗歌等。"写作,是一项艰辛的劳动,同时也是一种享受,一种精神寄托!"追忆那段往事,写作成了我生活中的一种乐趣,我感到充实与温馨。静坐在书斋中的我,对生活的感悟、对人生的理解,总有一种不吐不快的感觉,心灵上得到的是真正的慰藉。"写作,是一种高尚的精神活动,其过程是幸福而喜悦的。"

　　2011 年元月,《镇江残联》杂志创刊了,爱好写作的我开始为杂志投稿。后来,我向镇江市残联理事长印明先生坦诚了我也想参与编纂杂志的一些想法。令我感到欣慰的是,我的一些还不太成熟的想法竟得到了他的赞同,我有幸忝列其中。

　　弹指一挥间,四年光阴匆匆而过。为了给《镇江残联》杂志撰稿,我经常走基层,深入了解残疾人的生活,挖掘关于残疾人生活的素材。其间,我认识了不少残疾人朋友,体验到他们的生活方式,采撷到他们生活中的浪花。他们自强不息的事迹使我深受感动和鼓舞,也点燃了我创作的热情和欲望,巨大的写作冲动从心灵深处迸发出来。于是,那些我熟悉的残疾人朋友的命运、思想、情感就这样走到了我的笔下。

　　具体而实在的采编工作如此之多,几乎占去了我工作的全部及部分业余时间,但我乐此不疲、无怨无悔! 节假日,想拜访一下朋友，不行，还有一篇"人物访谈"没有写完；下班后，想出去玩耍一下吗，不行，上次还有一篇"采访笔记"要整理；晚上，想早一点睡觉，不行，今天就得把文章校对完，明天杂志还等着用稿。或许是出于对身边残疾人的同情和理解，或许是作为一个残疾人工作者的责任和义务，我开始深度关注残疾人动态及镇江残疾人事业的发展。报道镇江残疾人自强模范的先进事迹，为他们鼓与呼，成为我这一时期创作的主流。

2014年，当我将日积月累的文章整理成书稿打印出来后，发现竟是厚厚的一大摞。面对这一大摞书稿，我忽然萌发了出版一本书的想法！这个想法萦绕在脑海中，令我挥之不去、欲罢不能！现在回想起来，大约有这样几个原因：一是镇江市优秀残疾人身残志坚的事迹，以及他们自强不息的奋斗历程和创业精神，值得我们讴歌和传颂！二是在我们的城市，在我们的身边，有许多充满爱心的助残志愿者个人和群体，从他们的身上，我感受到了助残精神和巨大的爱心力量，值得我们弘扬与继承！如果说，当初我潜心写作，是出于个人对文学的爱好和兴趣的话，现在，我完全可以说，我要站在亲历者的角度去写作，我要及时将我们这个时代中残疾人表现出的优秀品质，以及这古老而伟大的城市中的助残精神真实地记录下来！让更多的人从镇江残疾人的美好梦想及不屈的精神中汲取正能量，进一步担起使命和责任，同时，也希望为以残疾人事业发展状况为课题的研究者们提供有价值的参考资料。我想，这是一件十分有意义的事情！

本书体裁涉及报告文学、诗歌、散文，分为"励志篇""爱心篇""感悟篇"三部分。"励志篇"讲述镇江优秀残疾人的先进事迹；"爱心篇"讲述镇江爱心助残志愿者的感人故事；

"感悟篇"记录我从事残疾人工作的所思所想。

　　我还要谈一谈这本书的书名"同在蓝天下"。我深深地体会到,整个地球就是一个"村",我们与残疾人同住一个"地球村",应该帮助更多的残疾人实现他们心中的梦想!取这个书名,就是寄托自己的这一份真挚的情感吧!

　　在本书编辑出版的过程中,镇江市人民政府副市长胡宗元先生在百忙之中为全书作序;镇江市残联理事长印明先生也在百忙之中对书稿进行审阅,并悉心指导,对拙著的宏观把握和章节都提出了宝贵意见。在此我向胡宗元先生、印明先生表示谢忱!江苏大学出版社副总编董国军先生及编辑吴小娟女士为本书的出版付出了辛勤劳动,在此表示深深的谢意!书中还选入部分被采访者提供的图片,在此一并表示感谢!由于本人水平有限,书中难免有不足之处,恳请读者批评指正!

王晨沛

2015 年 3 月